茅盾文学奖得主
阿来作品

荒芜

Desolation

阿来 著

目　录

荒芜
001

事物笔记：脱粒机
195

人物素描：自愿被拐卖的卓玛
205

人是出发点，也是目的地
——第七届华语文学传媒大奖受奖辞
215

一部村落史，几句题外话
——代后记
225

荒芜

一

刚刚解放,驼子就成了机村党支部书记。因为他当过红军。

红军长征经过附近草原时,驼子负伤流落下来。他在草原上流浪了一些时候,很快,深秋的寒风就把他从草原逼向稍微暖和一点的山区。隆冬时节,他流浪到了机村,从此就在这里待了下来。他并不是天生的驼子。当年,他左边肩胛被炸伤了。受了伤,又没有地方治疗。伤口溃烂,化脓,长蛆。直到冷天来临,寒冷使细菌们不再活跃,他的伤口才慢慢愈合了。

跟人们在电影里看到的那种个个英勇坚强的红军不一样,他是一个特别经受不住疼痛的人。

他的驼背也跟自身的软弱有关。他歪着脑袋,走路时小心翼翼地佝偻着腰，为的就是不牵扯到肩胛上的伤口。伤口愈合后，长拢的肌肉牵扯着，使他的身体永远保持着那样一种奇怪的、让人看起来十分吃力的姿态。这个可怜人，他的伤口里还残留有炸弹的碎片。天气不好的时候，这些碎片常常使他肩背红肿疼痛。每到这时，他就会可怜巴巴地，像一个女人一样大声呻吟。

机村人一直都把驼子当成他正式的名字。

但从过去土司的领地上成立了乡政府，他也成为机村支部书记那一天，谁再叫他驼子，他就不爱答应了。他第一次对机村人说出自己的大名：林登全。也是从那天起，他随身多了两样东西：半截削好的铅笔夹在耳朵上，贴身的旧军装口袋里装着个小本子。有人再叫他驼子，他就露出不高兴的神情，一把拉住人家，把铅笔放在舌头上舔舔，每一笔都写得非常使劲，最后小本子上终于出现三个歪歪斜斜的汉字。他把本子伸到人家鼻子跟前："我的大名叫林登全！"

大部分机村人都叫不好这个汉语名字。

于是，大家就叫他新得的官衔。官衔加上姓也不好叫，就叫书记。这么一叫，驼子听了，可真是眉开眼笑。他一笑起来，平常总含着担心或提防神情的眼睛里，就会露出孩子般天真的喜气洋洋的神情。

就是看了这个眼神,机村人都说,其实,这个人是个心地不坏的人啊。

解放前,他在机村老老实实做人,从来不提自己的经历,现在解放了,做了村支部书记,情形总还是有些不一样了,看到地里庄稼长势好,天气也不错,伤口不作怪,他的心情就好,他就会吹吹牛了:"知道我为什么当红军吗?就是为了当家做主。"

他的意思是,机村如果是个家,他就是这个家的主人了。

但是效果往往适得其反,他一提起这个话头,机村人倒把这个人当初那可怜巴巴的、连魂魄都快聚拢不到身体里来的样子记起来了。他来到机村那么多年,先是给头人家当马夫,侍弄那些漂亮的骏马。修理蹄铁,刷洗皮毛,晚上起来,往马槽里添料加草。某一年,头人从土司官寨议事回来,给他带回来一个汉族女人。这个女人叫骆氏,在土司官寨附近那个夏天聚拢冬天消失的帐篷市场上帮着丈夫打理一份小生意。夏天,他们进山到藏区来,深秋,又回到汉区去。但是,这一年,流年不利,她丈夫生意受了大损失,躺在帐篷里不吃不喝,死了。这个女人,安葬了丈夫,却不敢回乡,因为出来做生意,本钱都是借来的。于是,这个叫骆氏的女人就随头人来到机村成了驼子的老婆。女人年纪比驼子大。具体大多少，并没有人去深究。一男一女合在一起过日子，年纪的大小不是一个太值得关心的问题。

真的，要是驼子不说那些什么早就想着要当家做主的话，大家都不会讨厌他。但他不小心露出这么一种得意来，倒让大家把这个可怜人的一切都记起来了。

大家记得，驼子到机村不久，伤口就愈合了。他盘旋着死神灰色阴影的脸上，慢慢泛出了红润的光芒。他也慢慢学会了机村的语言。当他磕磕巴巴地回答主人的询问，和村里别的人的问候的时候，他脸上的红润，仿佛是种羞怯的光色。机村这一带地方，人们见了面，除了互相问候，都要做一个"告诉"。这个"告诉"相当漫长。两人从上次见面到本次见面之间这段时间都做了什么事，碰到了什么样人，都要一一历数。这个人说，那个人听。这个人说完了，又听那个人说。

驼子在作"告诉"与听"告诉"的时候，总是特别的耐心。这样的耐心是一种特别的礼数。所以，他有一个好名声，就是听"告诉"时，礼数特别周全。当然，他做"告诉"有些单调。他会讲本地话，但那些本该生动的话，经他的舌头讲出来，就成了一种没有表情的东西。他的"告诉"内容也特别单调。他不走亲戚，不做小生意，不上山打猎，不到别的村子去游走，也不跟任何人发生任何纠葛。他"告诉"的内容，永远是牲口，还有土地。他谈土地，是头人给他带回来一个女人以后的事情了。

开始，他拒绝头人给他的女人。

头人想，这可能是出于汉人某种客气的缘故。头人听说，汉人也是像藏人一样很讲客气的。客气也是他们的重要的礼数。但头人想错了，这个一向低眉顺眼的家伙在合适的时候提出了接受这个女人的条件："要这女人可以。那我要自己的地。"

"地？！难道你替我做事，而我作为主子没有给你吃喝吗？难道不是看着你可怜才给你找来一个同族的女人吗？"

他提出这样的条件，使一心以为自己是个好主子的头人感到了委屈。

但他第一次显出他的坚定："反正没有土地就不能要女人。"

头人也接受这样的道理，却没有现成的地可以给他。

"我不要你给我，我只要你答应我开荒，开出自己的地来。"

头人哈哈大笑。

"我还要一座房子。"

头人说："我既然给了你一个女人，当然也会给你一座房子。"当然，给下人的房子低矮窄小，跟机村其他那些高大气派的寨楼无法相比。但是，一个马夫，还能幻想些什么呢？

驼子庄重地说："不，我是说我会自己造一所房子。"

这时候的驼子模样已经不太像是下人了。他发胖了。侍弄十几匹马，实在是一件轻松的事。大多数时候，他闲着无事，吃得也不坏，就只好长肉了。要不是伤口的疼痛时时来折磨他，他都能胖得像个老爷了。

头人看看天，又看看激动得脸孔一片潮红的他，说："妈的，好吧，你想怎么样就怎么样吧。"

驼子立即就开始行动了。

冬天，他砍掉一丛丛的灌木，堆积起来。大地解冻的时候，他就放起一把大火，把这些灌木烧成一片灰烬。他挥动着一把沉重的锄头，一整天一整天地开垦土地。他不是个身体强壮的人。但不管刮风下雨，他都会下到地里，有些吃力地挥动着锄头，翻开那些黑油油的森林黑土。黑土松软而肥沃，下面盘曲纠结的树根却太难对付。与这些树根的搏斗使他变得黝黑而消瘦。他本不是个坚强的人，春天正是他伤口容易发作的时候，要在过去，他早就躺在马棚边的干草堆里哼哼唧唧地自怨自怜了。但现在，不管伤口肿胀成了什么样子，他手里的活却并不停下。他咬牙挥动着锄头，把深埋土中盘曲的树根刨出来，用斧子砍断。一边砍，还一边哼哼，那痛苦的呻吟中，未尝没有包含着一些快意的成分。

有人开玩笑说："驼子有了女人，学会像女人一样哼哼了。"

就这样，他居然赶在播种之前，开出了一块地。播种时节到了，他没有耕牛也没有犁杖，在他第一次播种时，他只有女人和麦种。

驼子用锄头在地里刨出一条浅沟，他的女人相跟着，弯着腰从手指缝间，把麦种细细地撒播到沟里。他们播完了一条沟。他又开了一条沟，开这条沟时，刨出的浮土正好把上一条沟的麦种薄薄地盖住。他们又播了一条沟。突然，他双腿一软，跪在松软肥沃的潮润黑土中，放声哭了起来。他哭道："老天爷，这么肥的土，这么肥的土啊！"

女人怜惜地抱住他的头，他就把头埋在了女人的两腿之间，他又很放任地哭了一阵，他仰起脸来，眼窝里蓄满了泪水："我参加红军是为了土地，他们说要分地给穷人。要早知道这里有这么多地，我就自己找来了。那样就不用打仗受伤，遭这份大罪了。"

这个女人倒是有点男人气的，眼睛只是浅浅地湿了一下，说:"这不就有自己的地了吗?"

他还把头人请到地头。

头人说:"啊,真开出一块地了。"

"我要你保证这是我的,而不是别人的地。"

驼子说话从来没有这么斩钉截铁过。头人看看他,再看看他,看见他眼睛里甚至放出了从未有过的凶狠的光芒。

头人挥起鞭子,重重地抽了他一下,说:"妈的,这个地面上的事情,还不是老子说了算吗?"

鞭子抽在身上火辣辣地痛,但驼子破天荒没有因为疼痛而哼哼。他跪下去,趴在地上,说:"我,还有你赐我的女人,感谢主子的厚恩。"

爬起来,又拿起锄头,继续和女人一起播种了。

播完种,他休息了一段时间。据说,也是这段时间,他才真正接受了头人赐他的女人,让女人怀上了他们的第一个孩子。青青麦苗出土的时候,机村人看到,每天驼子一侍弄完主子的牲口,马上就扛着锄头下到地里去了。他以刚刚播种的麦地为起点,继续开垦。

不知飞到什么地方去过冬的布谷鸟又飞回来了,暮春深密的树荫深处,传来了它们悠长的叫声。

咕——嘟!

咕——嘟!

机村人相信,每年第一次听到布谷鸟叫时,你在干什么,那么,在这一年里,你几乎都会一直干这件事情。如果这时你心情不错,那么,这一年你也会过得很好。

因此,过路的人说:"驼子,这一年你会很辛苦啊。"

驼子直起腰来,脸上挂满了汗水,把手放在额头上,遮住阳光,望着站在坡上边那个身影答道:"可是我的心情很好啊!"

"驼子啊,你的主子心肠好,给你饭吃,给你衣穿,你这么辛苦是为了什么啊?"

驼子往手心里吐口唾沫,又握住锄头挥动起来。每一锄下去,都有新鲜的黑土翻涌起来,一股肥沃土壤才有的醉人气息也同时涌起。那个人影走远了,听不见了。驼子才直起腰来,说:"我想自己有很多很多的土地。"

夏天,又一块地开出来了,这时,再种麦子已经来不及了。女人提议种一些蔬菜。此前,机村人种植的蔬菜最多不超过五种。女人还说,要种这里没有的蔬菜。女人居然拿出了番茄和莴笋的种子。驼子大感吃惊。女人说:"驼子,我也跟你一样是苦命人,我没有想过来这里享福,我是来跟你一起吃苦过日子的。"

驼子伸出手，怜惜地抚摸女人的脸，这是他第一次对自己的女人有这样亲昵的举动。虽然女人肚子里已经有了他的孩子，但这是他第一次抚摸她的脸。女人笑了，但眼里的泪水唰唰地落下。

驼子说："不要伤心，庄稼人，地就是命，有了地，就什么都有了！"

一向坚强的女人这时却多愁善感起来："驼子啊，我给你多生几个儿子，他们大了，你就是老太爷，让他们种地开荒！"

这个前景让驼子幸福地沉醉了："天呀，这么宽的地方，你就是生一百个儿子也有开不完的地啊！"

当他老婆肚子大起来的时候，红红的番茄挂在了藤蔓之上。他老婆腆着肚子，走到每一家人面前，从撩起的围裙里拿出红彤彤的番茄，放上几个。这种果子真比秋天结出的苹果还要好看。她说："请乡亲们尝个鲜，多谢你们，多谢你们了！"

她走出院门的时候，背后就有人夸她，说："她男人闷声不响，这女人倒是个热心肠哪！"

骆氏都走出去一段了，又反身回来，说："要是大家喜欢，就来我家取种子，让驼子教你们怎么侍弄吧。"

机村人尝了番茄，有人喜欢，也有人不喜欢。但没有人想到去要种子，要试着自己播种一些，他们的土地是土司的。村里的头人也不过是替土司代管，到时收取佃粮与税银罢了。没有人想过自己开出一块地来，种一些骆氏带来的那些新鲜的东西。

还有人替驼子担心，说："你不要再开地了，你再开，土司就要不干了。"

驼子很可惜地说："这么多的地，就是再活十辈子也开不完啊！"

说这话的时候，哪里会想到，仅仅过了不到三十年，机村会没有足够的土地，而且有的土地也打不出足够的粮食，要到别的地方去寻找出路了。

也没有人想到驼子有一天会一字一顿地告诉机村的乡亲们他的大名：林，登，全！

二

没有想到的事情还多着呢。没有人想到开荒地开到解放时,差一点把自己开成了地主。

准确地说,要不是他流落红军的身份,他就是机村的地主。

机村的土地,除了相距遥远的土司所有,剩下的,都要归在驼子的名下。快解放的那些年里,驼子已经在机村开出几十亩土地了。没有人明白这人病弱的身子里怎么会藏着不可思议的巨大能量:他开出了那么多的地,那么多地里的庄稼都是自己来侍弄,他地里的庄稼长得比机村所有的庄稼都好。

当他停止开垦荒地,又张罗着要盖一座属于自己的房子了。

他从山崖边，从河岸上，背回来一块块石头。没有人觉得这个人能自己弄回来足够盖一座房子的石头。但什么事情也架不住一个人天长日久地干。不晓得过了两年还是三年，他背回来的石头，已经堆得高过他居住的小屋很多很多了。大家不忍看他一边负着重，一边痛苦地哼哼唧唧的样子，都说可以了，足够盖一座跟大家一样的房子了。但他看看那些大家让他当成标准的房子，眼里闪烁着坚定而又骄傲的神色，转身又去寻找石头了。

大家有些不满了："妈的，难道这家伙想盖一所比头人房子还大的房子？"

有一天，土司突然巡游到机村来了。在土司辖地上，机村是一个偏远的地方。已经有三世土司没有来过了。但这个土司突然就来了。土司是个年轻人，他去看了驼子准备盖房子的巨大的石料堆，又去看了他开垦出来的土地，看他土地上侍弄得很好的庄稼。土司抬眼看一下躬身垂手站在面前的这个歪斜着脑袋，佝偻着腰杆的家伙，垂下了眼皮，说："知不知道未经允许开我的土地，是什么罪？"

他喃喃地小声低语，梦醒了一般问自己："什么罪？"

"那你说，是砍头还是斩手之罪？"

"那是你的王法，你说了算吧。"这个家伙居然抬起了头来,用自己的眼光去碰土司的眼光。

土司也碰了碰他的眼光,然后,看着远山,转了话题:"听说,你是当年的红军?"

"是。"

"那支队伍很多都是些跟你一样固执、一样不怕死的人哪!"

"那个队伍里的好多人跟我一样,不怕死,就怕没有自己的土地。"

"现在你有地了。"

"可你要杀死我,要是没有地,我不如死了算了。我这么大把岁数,就是有人再闹红军造反,我也走不了那么远的路了。"

骆氏哀哀地哭着,挤进人群,跪在了土司面前。她牵开围裙,拿出一只坛子,打开,里面是银圆和一些散碎的银子。她说:"那些土地都是我们家驼子替土司开的,这些银子,就算是这些年该缴的税银吧。"

土司没有说可以,也没有说不可以。土司只是说:"你这驼子,命好,摊上个这么懂得事体的女人。"

这些银子让机村人,还有头人都大吃了一惊,靠那些土地,驼子竟然攒下了这么多的银子!

土司待了两天就离开了。土司本来还想去探访一下机村南面山口外那个传说中有着一个古王国遗迹的觉尔郎峡谷，但连日大雨，山口浓雾密布，土司就带着大队的侍从，打道回府了。这两天，驼子待在家里，躺在火塘边上，什么都不干了。他在等待。天放晴的时候，头人派人传他来了。他出门时，女人和两个女儿在屋子里哭起来。

驼子背着双手快步行走，没有回头。

头人说："驼子，你连牲口也不来侍弄了，这两天。"

驼子惨然一笑，说："我劳累一辈子，要死了，也该休息两天。"

"土司开恩，让你继续种好那些庄稼。"

驼子双腿一软，坐在了地上，泪水顺着脸颊潸然流下。

"土司还吩咐了，以后，你也不必来我这里当差了，好好盖你的房子吧。"

头人没有对他说的话是，土司说："看看这个人吧，看看这个人有什么样的心劲，你就知道，共产党为什么要取胜了。这些人，一个个看起来都不算什么，合起来可就了不得了。他们就要坐天下了。他们的人就要回来了，你还是继续善待这个人吧。"

土司还说："妈的，汉人这种劲头真叫人害怕。"

头人就讲这个人如何缺少一个男子汉的风范，如何因为一点陈年伤痛就哼哼个没完，如何当着人不知羞耻地张开嘴像个孩子一样哭泣。

土司有些生气了："妈的，你是猪脑子吗？但他有哪一刻停下来不劳作吗？你说，这是软弱还是坚强。"

"他就是那个劳碌的苦命吧，可能他不那样干，背后就有鬼撑着他。"

土司提高了声音："心劲，我们那些唯唯诺诺的百姓，谁有一点这样的心劲吗？"

山外世界震天动地的巨变，机村人却一点也不得与闻。解放军却来得很快，土司巡游回去才一年多一点，那些去掉了领章与帽子上的红五星，还穿着解放军衣服，背着四方背包的工作组就进村来了。驼子的房子没有来得及盖起来。如果他的房子盖起来，说不定，他就真是机村的地主了。

更关键的是，全村人都可以证明，土司的确收走了那坛银子。那就可以理解为，驼子辛苦开出的土地，所有权已经收归土司了。

工作组把土地平均分配给了村里人。驼子只得到了他开出的那些土地的一部分。驼子还得到了头人的房子。头人一家，作为被打倒的对象，搬进了驼子一家住了多年的那座马夫的矮房子里。

据说，每天晚上，驼子的老婆等到夜深人静后，悄悄下楼出门，把头人房子里一些值钱的东西悄悄送回给头人一家。她送回去的东西有敬佛的纯金灯盏、银汁书写的经书、一些上等的瓷碗。头人家大部分值钱的东西早就被工作组抄走充公了。但那么大一座房子，这里那里，总还有些遗漏，骆氏都还给了原来的主人。

驼子当上了支书，带着村里人，用他备下的那些石料，在村里广场边上盖起了一座新房子。那座房子最初只是用来开会。开动员群众的会，开清算旧社会罪恶的会。合作社成立以后，那里就变成了合作社的粮仓。后来，又从那座房子辟出一角建起了供销社，收购社员们的药材与羊毛，出售盐、茶叶、铁制农具、白酒和香烟。

共产党来了，把天地打了个颠倒，把最下面的翻到上面，把最上面的翻到下面。机村人也当作命运接受下来。他们说，这就是命运啊。当这个字眼被所有人轻易说出口来的时候，所有的变化都能逆来顺受了。驼子还和工作队一起，努力培养村子里的年轻的积极分子。合作社社长格桑旺堆就是他看中的人选之一。

工作组担心，这个人什么都好，就是有些软弱。

他说，这个地方民风淳朴，并不需要那种性格硬邦邦的家伙。

私下，他把格桑旺堆叫到家里来，他不开口，他的女人骆氏说："工作组那么说话是应该的，但你做了社长的人，要对乡亲们软和一点，可不要伤了大家的心啊！"

格桑旺堆本是个心里绵软的人，所能做的就是拼命点头。

女人又对男人说："林登全，现在你是机村的头人了，机村人待我们不薄，可不敢干忘恩负义的事情啊！"

林登全说："那我就带着人多开荒地，给国家多交公粮！"

格桑旺堆说："我带年轻人上山多挖药材，支援国家，得来的钱，年底还能多分一些给社员。"

林登全说："好呀，再给每家女人扯一身洋花布，做点漂亮衣裳。"

"那两年，嚯！"机村人说起合作社刚成立的那些时候，总是用这样的口气赞叹。那两年，机村因为垦荒，土地增加了一百多亩，上缴公粮后，新建的仓库里还堆满了麦子。每当打开粮仓，一片奇特的香味就飘逸开来，那些堆积在幽暗的仓房深处的麦子发出甜蜜梦境一样窸窸窣窣的细密声响。合作社的牧场经营得也不错，风调雨顺啊，母牛好像都能多产奶，母羊好像都能多产羔。每年药材的收入也有好几万。分到每家人，除了吃不完的粮食，那么多的肉和酥油，还有几百块钱。

不要说普通的老百姓，就是晚上开会斗争头人的时候，这个心中一直不服的家伙也说："共产党能耐大，我们过去就是没有这样的想法和本事，服了。"

林登全满意地点头，这两年日子过得顺，舒心，连他的伤口都少有发作了。上面还把他弄进城去检查过一次。检查结果证明他的伤口真的是要疼的，因为炸伤他肩膀的炮弹的三个碎片还在里面。那是三块棱角锋利的铁啊。听说他因此还会得到国家每月几块钱的补助。

林登全说："服了就好。我们共产党就是以理服人，以事实说话。"

但头人心里还有不服：你凭什么就住了我轩敞的高屋呢？

有年轻人比林登全敏锐，在下面喊："你是口服心不服，时刻梦想变天。"

头人也喊："我服，也不服！但我没有想变天。天是想变就能变得了的吗？"

每次斗争会都是这样的结果，头人终于又给自己弄了一顶抗拒社会主义改造的帽子戴在头上。

头人便自己弄一顶毡帽戴在原来的帽子上,他就这样时不时顶着两顶帽子四处走动。

驼子见了,看四近无人,一把给他拂到地上:"你这是做给谁看?!"

"你!"头人委屈万分地喊。

驼子把他拉到僻静处:"老天爷,你不要怪我,这都是党的政策。"

头人气咻咻地喊:"我不相信你不救我。"

驼子跺脚骂道:"只有自己才能救自己!"

头人就骂开了,骂了很多难听的话。驼子也没有还口,最后,他冷静地说:"我最后叫你一声头人,这么多年,我护着你,不叫人家太为难你,就是念在你收留我,让我开荒地的情分上。现在,这份情已经还完了。好死还是赖活,就是你自己的事情了。"

以后,再有工作组下来,再有激进的年轻人要在斗争会上发狠,驼子就走开,不再阻拦了。头人的反抗因此越加强烈。弄到后来,终于让几个民兵和公安押解着离开了机村。这一去,就再也没有回来。过去,都感觉头人家是个大家庭,但一解放,仆人们解放了,帮闲们一哄而散,这一家也就孤零零的三个人:夫妇俩,加一个什么都不会干也不想干的十多岁的小公子。头人一押走,那女人穿着盛装把自己吊死在一株梨树上。那个小公子立即衣食无着,后来,叫邻村的一个亲戚接走了。

机村人再说起头人一家的命运,就像提起上天的一种教训。他们暗自叹息,并且觉得是驼子对不起头人。骆氏就四处找人哭诉,申明是头人自己害了自己,而不是他们家的驼子。但这样的事情有谁肯相信呢?真的是谁也不肯相信。倒是工作组找驼子谈话了:"你是害怕同阶级敌人展开阶级斗争吗?"

驼子有些生气,看着这些穿着旧军装的年轻人,想起要是自己不负伤掉队,如今该是多大的首长了,哪轮得上这些晚参加革命很久的家伙来教训自己。他说:"我怕阶级斗争还会参加红军?"

人家不在这样的问题上跟他纠缠,而是单刀直入,说:"那你老婆就不要四处申辩了。不就是抓了一个反革命,反革命的老婆上吊自尽了嘛。"

"你干革命不能搞灯下黑。"

"你该管管你的老婆了。"

等等,等等。

那天晚上,机村人又听到了驼子自怨自怜的呻吟声。大家想想,有两三年没有听到这种声音了。驼子的伤口又红肿发炎了。他背靠着卷起来的棉絮，半倚在火塘边上。女人给他涂抹用熊油拌和的草药。虽然在屋子里望不到天空，他还是把脸仰起来，长声哎哎地呻吟：

"哎呀——哎呀——呀——"

"哎呀——反动派呀，哎呀——呀——"

"哎呀——哎呀——呀——"

"哎呀——反动派呀，害死人了呀！哎呀——哎呀——"

油膏止不住伤痛，骆氏差大女儿从河边沼泽边的树丛里，捉来几条蚂蟥。这些软叽叽的虫子可是些贪婪的东西，爬上他红肿的肩胛上就拼命吸血，干瘪的身子很快鼓胀起来，在火光的映照下，反射出湿漉漉的光。吸饱了血的蚂蟥松开吸盘，落在地上。他们又把这些虫子包在一张菜叶里，送回沼泽。在驼子的肩背上，蚂蟥叮过的地方，流出了乌血与黄水。

驼子扭头去看这些乌血与黄水，看到后，更是要长声吆吆地呻吟。过去的呻吟是："老天爷呀，你造的人是多么可怜呀！"

现在，他的呻吟不同了："千刀万剐的蒋该死啊，你的大炮把老子打得这么惨，你狗日的倒好——哎呀呀——你狗日的倒跑到台湾享福去了！你狗日的蒋该死刮民党啊！"

女人用一块毛巾来揩那些乌血与黄水,他又呻吟着骂起来:"你想害死我啊?!你不害死我你不甘心啊?!你不是好心人吗?你好心怎么想害死自己的男人啊?!"

无论如何,肿胀的伤口里的乌血与黄水放出来后,那种火辣辣的胀痛立即就减轻了。他骂人的声音慢慢小下去,脑袋慢慢歪到火光照耀不到的阴影里,睡着了。

女儿悄悄对母亲说:"工作组叔叔说,爸爸不坚强,不像个红军。"

骆氏狠狠地往墙角上啐了一口:"呸!"

"妈妈,你生气了。"

骆氏不回答,又狠狠往墙角吐了一口,说:"不是人话!"

他那宝贝女儿却是个实心眼,说:"我要告诉工作组叔叔。"

骆氏给了她一个重重的耳光。

机村人并不知道这家人发生了什么事情,当驼子停止了呻吟,他们说:"这个家伙,怎么像个女人一样啊?"

过去,无论他怎么呻吟,他们都说:"啧啧,这个可怜人啊!"

到了"大跃进"的时候,林登全支书就差不多成了机村人的敌人了。他去县上开会,开会回来,带回来两首歌——

一首歌这样唱：

> 总路线鼓干劲！
> 争取亩产到三万！

这首歌，也是上面定下的亩产指标。他一传达，会场上瞪着他的那些眼睛都泛出了绿光，他的感觉就像是自己落入了狼群一样。

但他镇定一下自己，叫跟他去开会的年轻的副社长教大家唱另一首歌：

> 咚咚锵！咚咚锵！
> 苦干苦干再苦干，每人积肥六十万。

驼子说："有多少肥料，就有多少粮食，现在地里打粮食少，就是肥料少。"

社员们说："种了一辈子地，你见过庄稼需要那么多肥料吗？这不跟人把油当成水喝一样吗？"

他打开一张报纸，给大家看一张照片。照片上，地里的什么庄稼，穗大粒大不说，长得那么密实，一个人咧着合不拢的嘴，露着一口白白的牙齿，站在那些密实的穗子上面，脚板却一点都没有下陷。

人人都啧啧称奇，传看这张照片。没有人相信自己的眼睛。驼子就站起来喊："晓得这一亩地打多少粮食吗？"

人们都仰起脸来看他。

驼子的脸涨得通红，他伸出手，张开全部的指头："十万！十万斤啊！"

大家一起坚定地摇头。其实，他的心里也没底。但他不可能把这种担心说出口来。

恰好下面有一个人看着照片说："说不定，这是个有法力的喇嘛穿上汉人衣服照的。"

社员们都为这种没头没脑的想法哄堂大笑了。

这个人正色道："因为有些法力高深的喇嘛，脚下什么都没有就可以站在虚空里！"

说这话的是协拉顿珠，一个老实的庄稼人。他不相信地里可以长出密到插不下脚的庄稼。所以，他想到了喇嘛们的法术。他觉得这张照片使用了喇嘛的法术。这个时候，聪明一点的人都知道把真正的想法藏在心里，即使要说点什么，也要四面八方仔细看清楚了才卷动自己的舌头。口舌之罪也是一种罪过啊。放在土司时代，那是要被利刃割去舌头的呀。

麦其土司的书记官就两次被割去了舌头。

但是，过去那个时候，却没有一个小老百姓因言获罪。能够因言获罪的，都是书记官那种喇嘛里的异端。但现在，这种可能性却出现了。后来，有人搜集了一下协拉顿珠平常的言论，发现他还有议论呢。他说，看来新社会人人平等也不都是好事啊，以前上等人的福咱们还没有享到，但他们领受的罪，可是要降临到我们这些下等人的头上了。

因此，他被揪起来斗争了好几个晚上。

驼子真的是很恨这个人。"大跃进"的时候，时兴晚上打着火把下地干活。驼子是个苦干的命。过去，他就喜欢乘着月光开自己的荒地，背修房子的石头。但那只是他个人自己的事情。但现在只要他举着火把，把肥料送到地里，所有人也就都得举起火把，把肥料送到地里。协拉顿珠说出了这些反动言论，晚上开会，可就耽误了往地里送肥的工夫了。上面讲只要地里有足够的肥料，再有足够的阳光照耀，那些肥料就可以变成丰收的粮食。上面说那是科学。共产党相信科学，驼子是共产党的支部书记，也愿意相信这样的科学。协拉顿珠其实不常说话，他没有那么快的脑子。但是，这个脑子却常常冒出些奇怪的想法。这些想法说出来都像是格言警句。而且，他的嘴巴是直接跟脑子连着的，无论什么想法，刚刚在脑子里想起，嘴巴就已经说出来了。

甚至于，他说这一句的时候，脑子里还没有把下一句该说什么好好地想起。

斗争会开始了。

他那些没有深思熟虑过的话，让人越分析就越像是想了十天半月才说出来的一样。

而这些晚上，下地还不用打火把，天空晴朗无云，月光把大地照得一片明亮。这可真是干活的好时候啊。驼子看着弯腰站在火堆边的那个人，心里气得要命。前面人发言和喊口号的时候，他就已经因为舍不得时间而气得浑身发抖了。而那些发言的人，却继续在那里滔滔不绝，社员们也乐意这会就这么永远开下去，天天这么舍命干活，人真是太累、太累了。他们都在会场上闭着眼睛，打起了瞌睡。

这种情形，真把驼子给气疯了。他冲到协拉顿珠面前，抬手就是一个响亮的耳光。这是他平生打出的第一个耳光。虽说他扛过枪，打过仗，但这么面对着面，打人耳光，在他真是开天辟地的事情。耳光响起的时候，他自己都怔住了。那仅仅是一瞬之间的事情，他骂道："你这个破坏分子，你就是想让大家天天开会斗争你。你这个阴谋分子，你就是想用这种办法不让大家下地劳动，破坏生产！"

协拉顿珠的女人很伤心地哭起来了。女人一哭，他那几个都叫作什么什么协拉的孩子也哭了。孩子们一哭，亲戚中的那些女性和孩子也都跟着哭了起来。很快，整个会场就哭成了一片。

哭声中，就有骂人的话说出口了。那么多人哭得都变了声，有一个止住了哭声喊驼子的名字。

驼子答应了。

下面就骂道："要不是机村人发善心收留你，你的骨头都化成泥巴了，可你这个没良心的，现在对付起人来，像条疯狗一样！"

驼子听闻此言，好像身上又中了一颗子弹，摇摇晃晃，他本来就有些仰着的脸，仰得更厉害了。但他最终还是站稳了脚跟。这个家伙，他也愤怒了："总路线知道不知道！三面红旗知道不知道！共产主义知道不知道！"

他那么声嘶力竭地一喊，下面立即就鸦雀无声了。

驼子又喊："老子也觉得这么开会没有意思，现在散会！下地积肥！"

那年积肥，真把机村来了个大扫除。每家人圈里的粪都起得干干净净，起完，还用扫帚细细扫过一遍。合作社请人算过，每人积六十万斤，机村的土地上差不多要铺整整一尺厚。圈里的粪肥没有了。机村那些小巷子里的土也被揭去了一层,送到了地里。这些土也黑黑的,里面也有人和牲畜们随意拉在路上的大小便。到了雨天,村里泥泞的小巷子就变得臭气熏天。除了这些污秽的东西,每家人屋子后面多少年的垃圾堆也给清理干净了。这些含有肥力的东西都给送到地里去了,把机村所有的土地都覆盖上了。

协拉顿珠被斗争了那么多次,仍然管不住自己的嘴巴。

那天,他把背上的肥料倒在驼子跟前,驼子把肥料细细地扒散了,匀匀地摊开。协拉顿珠脑子里又升起了一个想法,而且,一如既往地,这想法马上就从他嘴里冒了出来:"这么多肥料,会把麦子烧死。"

驼子抬起头来看他,眼里射出很凶的光芒:"你他妈是打好主意要说刺我心窝子的话?"

协拉顿珠用手捂住自己的嘴巴,一个劲地摇手。

"你他妈是庄稼把式,老子就不是好庄稼把式?"

协拉顿珠背着空粪筐跑开了。

驼子慢慢蹲下身子,眼里浮起了忧虑的神情,最后,他站起身来,四顾无人,便把手叉在腰上高声骂道:"协拉顿珠,我日你妈!"

三

不管每个人积肥是不是到了六十万斤，经过一个冬天的奋战，机村角角落落里的肥料，都给送到地里去了。

机村的角角落落里，几百年积攒下来的脏东西都清除得一干二净了。

工作组表扬说，先不说积肥任务完成没有，就是通过积肥运动把一个村庄打扫得这么干净，也该得一面爱国卫生运动的先进锦旗。

机村确实变得干净了。年关将近，暖烘烘的太阳光里，这个村子散发出来的味道跟以前大不相同了。过去那些脏东西，太阳一晒，就散发出一种叫人昏昏欲睡的味道。现在，这些味道都消失了，构成这个世界的那些基本的东西——水、泥土、石头、树木，还有干草的味道就弥散开来。

在这种清新味道四处弥漫的时候，忙碌差不多一个冬天的机村，终于可以停下来，喘一口气了。

驼子袖着手，在村子里到处走动，遇到每一个人都露出热情的笑容。他想，自己可能会因为带着大伙把机村收拾得前所未有的干净，而收获一些感激的话语。但没有谁有停下脚步来与他交谈片刻的意思。过去，人们无论在哪里相见都会停下脚步，用很客气的方式彼此问候。最后，还是口无遮拦的协拉顿珠站在了他的面前。但他只是笑笑地看着驼子，并不说话。

"好太阳啊。"驼子说。

协拉顿珠也说："是，好太阳。"

驼子就掀掀鼻翼，意思是村子里的气味可是好闻多了。他跟大多数人一样，有想法，在心里默一默就行了，不一定要说出口来。但是协拉顿珠不行，他已经听出驼子的意思了。于是，话就从他口里冒出来了："村子干净了，人背了一辈子都没背过的那么多脏东西，可是要倒霉了。"

"那就把自己好好洗洗干净啊！"

协拉顿珠皱起了眉头："温泉那么远，整整两天路，你来我们这里都这么多年了，见过冬天洗温泉的吗？"

驼子没有说什么。

既然没有什么话说了,协拉顿珠就迈步离开,都迈出两三步,又有话要往外冒,他回过头来,说:"哎,你告诉我,你们汉人是不是就像夏天的蚂蚁跟蜜蜂一样,总是做事做事,想不到坐下来,想想心里的事情?"

"心里的事情?一个小老百姓,心里需要想些什么事情?"

协拉顿珠把手伸向天空,懊恼地说:"哈!"转身就要走开了。

这时,驼子却发话了:"这些事情都是上面号召的。上面也是为了老百姓过上好日子,为了早一点到共产主义。"

"上面,上面上面,上面是谁?"

"共产党。"

"共产党,共产党,共产党长得什么样子我们都没有见过,却要管我们的事情?"

驼子猛然吃了一惊,想自己怎么跟着这个没头没脑的人,陷到这样危险的话题中来了。于是,他转过身,急急地迈着步子,走开了。

协拉顿珠站在那里,想了一阵,也明白过来什么了,用手捂住了自己的嘴巴。

这是驼子一家在机村的最后一年。

这一年，驼子过得非常悲伤。地里堆积了那么多肥料，结果，播种下去的麦子，刚刚冒出嫩芽就给全部烧死了。在这个风调雨顺的年头，地里不见一点青碧，夏天的烈日直端端地照在干燥的土地上，有小旋风卷起来时，就有一股尘土被高高地扬到天上。人们都带着悲哀的神情，看着不见一丝青碧的土地。每一个人都一言不发，但驼子知道每一个人都在责问："你不是那么爱土地吗？你不是好庄稼把式吗？怎么不知道肥料会烧死庄稼？"

他心里在哭泣："我知道，我知道呀。可是上面说，科学一来，老经验就不管用了。"

他也不再催促人们下地了。

这时的他，伤口又来捣乱，也不再呻吟了。他一袋一袋从河滩里往地里背沙。他还把地边上多年积累下来的肥沃的腐殖土挖开，把下面没有一点肥力的生土深翻出来。挖出了那么多的土，他带着从合作社正副社长变成人民公社下面机村大队大队长和副大队长两个帮手，一个人一个人地去求大家下地，把那些瘦土运进地里，好减掉土壤里的肥力。

而工作组每晚上还召集村子里的积极分子，开他的会。

因为他这个人软弱了，没有革命的进取性了。

他在会上哀哀哭泣："后悔啊，后悔啊。"

"你是为了自己的软弱而后悔吗?"

他不答话,只是哭泣:"后悔啊,后悔啊!"

"那你是为了响应号召付出了一点小小的代价而后悔啦?!"

他还是不答话,还是哭着:"后悔啊,后悔啊!我有罪,我有罪,我认罪。"

每天,这样的会都开到很晚。但天一亮,他已经出现在地头上了。挖土,背土,把背进地里的生土和施了过多肥料的土搅和匀净。干活的时候,他又像过去一样痛苦地哼哼了。让人担心,这个人随时会倒下。他却一直没有倒下。大家又叹息,说:"唉,这个人真是可怜啊!"

大家又都跟在他后面下地劳动了。

这样,终于让所有的土地都补种上了萝卜、蔓菁和荞麦。萝卜下来的时候,他又教大家怎么样制作萝卜干,怎么样挖地窖,储存一些新鲜的萝卜。荞麦即将收割的时候,他终于病倒在床上了。他叹息一声,说:"这样,就不会饿死人了。"

他不再出门,每天晚上,整个村子又都听得见他发出长声吆吆的呻吟声了。

驼子再出现在大家面前时,手里拄上了一根拐杖。他对每一个人说:"我不行了,活着也没有什么用处,我再也干不动什么活路了。"

女人们会在这时用袖口去擦眼中的泪水，有些男人会点上一锅烟，把一脸忧戚藏在不断喷出的烟雾后面。但更多人还是恨他怨他，给他白眼。那一年，机村人靠一肚子的萝卜与荞麦度过荒年。吃得不好，打屁都没有臭味。机村人就开玩笑说，驼子真有能耐，把村子给打扫干净了，没有了臭烘烘的味道，还怕我们身上脏，如今，我们身上也散发不出臭味了。所以，当他哀怨地诉说时，也有人会回应说："你已经把我们里里外外可以发臭的东西，都清理干净了。你还需要再干什么呢？你什么都不用干了。"

以后，就是外面天气再好，他也不肯出门了。

就在这年冬天，上面一纸通知下来，驼子林登全一家，就离开机村了。

接到通知时，他们一家人都痛哭了一场。第二天，就把家里的坛坛罐罐，破衣烂衫装上马车，离开机村了。

驼子一家，去了一个叫作新一村的地方。

那地方离机村也就几十里地，原先也是一个有着十来户人家的小村庄。好几十年前吧，一场瘟疫过后，那个村庄就再没有人了。周围的人，也忌讳去那样一个地方。解放后，国家陆续安置了一些流民去那个地方开荒生产。从此，那个地方有了一个新的名字：新一村。意思大概是，这样的村子还可以二号三号地排列下来。这一地区刚刚解放时，突然出现了许多汉族流民。一些因为战争破产了的小生意人，国民党的散兵游勇，更有些说不清来历的、身份可疑的人。国家就把这些人集中收容了，安置在那个地方，让他们开荒种地，自食其力。那个地方也面临一个棘手的问题，从那样的人群中产生不出值得国家信任的人来担当基层领导。

所以，上面想到了流落红军林登全。

因为他声称，在革命进程中所以软弱，所以不坚定，都是因为机村人当年于他有恩，使他坚定不起来。领导马上就问："是不是换个地方你就能坚定？"

驼子立即挺起胸膛，说："能！"

上面的领导就下定了决心。让他这个前红军战士在另外一个不需要背负着历史旧账的地方继续革命。正式找他谈话时，他又提出了一个条件。

"我不再积那么多肥了，我领导大家开荒地，多开些地，一样多打粮食！"

这个条件真让人有些啼笑皆非。在新一村，正在安置一些释放的劳改犯，这些人，都是国民党时期的军人和政府里的小官员，因为一个旧政权的覆灭蹲了监狱，在里面脱了胎换了骨,现在要成为自食其力的劳动者了。领导说,要的就是有人领着他们继续改造。

"怎么继续改造?"

领导伸出双手,说:"劳动,劳动,多开地,多盖房。"

这在驼子听起来,是个多么美好的差使啊,又当领导,又能不断地在山林中开出肥沃的土地,种出穗子硕大的麦子,而且,那些人只知道他当过红军,而不知道他在机村那些并不扬眉吐气的事情,他也不欠其中任何一个人的情,想干什么都能放开手脚了。

驼子笑起来:"只要让我换个地方,只要让我不断开荒种地,我就不会再软弱了。"

就这样,机村的马车拉着他,拉着他一家,在一个早晨离开了。除了几个生产大队的干部,机村人只是远远地看着,看着他们把那些并不值钱的家当装上马车,看着驼子脸上闪烁着喜气洋洋的光芒,看着他女人哭泣着不断回望,看着马车驶出了村庄。

然后,这一家人就消失了,就像从未在机村出现过一样。此前消失了的头人一家,也像是从未出现过一样。

剩下那座机村最高大的漂亮的房子,矗立在那里。没有一家人想去拥有那座巨大的房子。没过几年,那座房子顶上就长出了瓦松,甚至是大丛的荨麻。房子里面,雕花的栏杆,曲折的楼梯,拼出图案的地板开始朽烂。冬天,西北风穿过这所窗户空洞的房子时,发出野兽或鬼魂哭号一样的呜呜声响。

也就两三年时间吧,在这座房子里住过的两家人都变成了一个故事,一个有些缥缈的传说。人们口传一个故事的功夫真是巨大。冬天,西北风呼呼吹过屋顶,吹过封冻的河面,人们说起这些过去的人与事。明明是昨天才发生的,已经像一百年前一样遥远,而说起一百年、一千年前的故事,又像是昨天刚刚发生那样的切近。

那感觉,真不知今夕何夕、斯年何年!

就这样经历了森林差点被大火烧光,到了机村建起伐木场,满山的树林不几年,就被砍伐殆尽的那一年。

其间,发生的一件事情与这个故事还有点关联,就是头人被邻村亲戚接走的儿子穹若又回到村子里来了。

穹若长成了一个壮实的沉默不语的小伙子。机村人不招惹他,他也不招惹别人。除了刚回来时,他曾引起人们话说当年旧事的一些感叹,日子一长,他就跟没有回来一样。甚至大家聚会时讲起当年头人与流落红军的故事时,他也是一副与己无关的样子,坦然地坐在一边沉默不语。

协拉顿珠拍拍他的肩膀:"你想什么啊?"

他有些羞怯地笑笑,埋头玩弄手中的绳子。他手里总是有一段牛毛绳子。他的手指总是不断地翻动,把那段绳子打结,打出不同的花样。

"你比一个猎人还喜欢绳套,是想把谁勒死吗?"

这话让这个壮实憨厚的年轻人脸上露出吃惊的神色,翻动的手指也停了下来。他若有所思地盯着绳子看上一阵,好像是在问自己别人提出的那个问题。想必是也没有想出什么结果吧,他停了一阵的手指,又下意识地翻动起来,绳子又在他手指间旋转,扭动,又结出各式各样大小不一的绳套来。

本来,这是一个小孩们玩的游戏。夏天,那些茎干细长柔软的草长起来后,孩子就会用那样的草来玩这样的游戏。他们比赛,看谁的绳套结得快速,光滑,而又漂亮。那也是这些孩子成人后谋生时一个重要的技能。把牲口从山上牵回来要结绳套,架牛犁地要结绳套,在野兽来往穿梭的路上设置陷阱要结绳套,就是秋天收获时,把割倒的麦子捆成把子也要会结不同的绳套。

这是一个重要的游戏,但没有人把这个游戏玩到这么复杂的程度。

有一天,协拉顿珠做了一个梦。

他说，他梦见自己祖先的那个王国了。

这家伙梦见祖先坐在高高的黄金宝座上。从此，机村人又开始讲那个湮灭许久的王国的故事了。这个家伙，他居然拿出了一把多年没有发出过声音的六弦琴，说："让我来唱唱，我们荣耀祖先伟大王国的故事吧。"

他拨动琴弦，琴弦发出喑哑的声音。一段引子后，他仰着脸孔开始低沉地歌唱。协拉顿珠的歌喉，比那琴弦还要喑哑。

四

协拉顿珠的歌可不是胡编乱造的。

他的祖先创造的那个王国就在那场大火曾经想烧过去,但终于没有烧到的那个地方。

在村外的人看来,机村就已经是这道峡谷的尽头了。其实,更准确地说,机村只能说是这道峡谷里最后一个有人烟的地方,再远,就只是猎人们才偶尔涉足了。

协拉顿珠歌里唱的那个地方叫"觉尔郎"。

"觉"的意思是山沟。"尔郎"拼出来一个短促的声音,就是"深"的意思。从机村出发,往这个峡谷的更深处去,就是协拉顿珠歌里唱的,一年四季里三个季节都有鲜花飘香的地方。

这片群山所有的沟谷全都一点点向着西北方抬升,抬升过程中，雄峙的山脉变浅变缓，在海拔三千多米的高度上，最终化入了连绵宽阔的草原。但觉尔郎这个地方却有些奇异之处。在那里，一路升高的峡谷突然下陷，下陷处的断崖上终日云遮雾绕。针叶林下方重又出现幽深无比的阔叶林带。丛林间的草地上，长满了奇花异草。古歌里传说，数百年前，那里曾经是一个神秘王国的腹心。传说，那个王国的人精通各种奇怪的药方。这个王国鼎盛时，其藤甲兵也曾威震四方。但是，这个王国终究是消失了。

现在的机村有好些人家，比如协拉嘎波家和协拉琼巴家的人，眼含绵羊眼睛一样的迷惘而哀婉的淡褐色，据说就是那个王国人种的遗存。

协拉琼巴像他爷爷协拉顿珠一样，眼睛也是灰褐色的，但没有他们家人共有的那种近乎哀婉的迷茫。

他的眼神里更多的是一种接近于坚定的狂热。

这是这个时代年轻人眼中标准的眼神。

协拉琼巴在村子里上小学时，眼神还是那样哀婉而迷惘，但打从县农业中学回来，眼神就是今天这个样子了。农业中学在机村东南方三百公里开外。那个地方，峡谷越来越幽深，河流越来越浩荡，野外生长的阔叶树和阔叶树间的藤蔓，就跟青年突击队将去开垦的那个觉尔郎峡谷一模一样。

他是机村最早的三个中学生中的一个。他那两个同学，一个当了兵，一个保送去了省里的民族学院。但他却因为爷爷的什么问题留在了村里。他爷爷的问题就是用带韵的典雅语体，吟咏那个早已消失了的神秘王国的故事，而且把那个旧时代的王国描绘得过于美好。在古歌里，那里树冠高耸宽阔的幽深林子上，永远飞翔着五彩的鸟群；王国的山溪流淌着金子与玉石，还有甘甜的蜂蜜。当然，这样的故事里还少不了勇敢而又仁慈的英明国王。甚至那个国王的灭亡也是因为那个国王过分的仁慈。照时下的说法，除了现在，怎么可能存在那样一个美好时代？只有现在，才是黄金般的时候，才是人民觉得生活在蜜糖中一样甜蜜万分的时代。

　　老人有一把六弦琴。他们要把六弦琴毁掉，协拉顿珠就宣称，他自己早把六弦琴扔到河里去了。

　　过去，闲来无事或者有特别郑重的事情，大家都习惯了请老人唱上一段。老人还把那个漫长的说唱，分成了一些段落，在不同场合与不同情境——比如节日，比如婚礼，比如下雪天，比如悲伤时，比如怀想时——来演唱。因为在那个故事中，那些古人也经历着与今人差不多同样的事情。

　　但是，现在就是有了大致相同的情境，激起了心中类似的情怀，人们也不敢再请他来歌咏了。

可他并不因此作罢,村里不能演唱了,老人自己带上干粮,往峡谷深处去独自歌唱。他并不走进觉尔郎峡谷,他只是在能够看到觉尔郎峡谷氤氲雾气的地方,坐在岩石上,展开早已嘶哑的嗓子曼声歌唱。歌唱到声嘶力竭的时候,他就倒在一棵老松下睡上一觉,再回到村里。

他的孙子因此受了他的影响,被推荐去当兵、去上大学,都被政治审查刷下来了。

协拉琼巴说:"爷爷,你能不能不唱那些歌了?!"

爷爷说:"我老了,是把这些歌教给你的时候了。"

"你想我像一棵没有脚的树一样朽烂在这山谷里吗?"

老家伙指着被砍伐得满目疮痍的山坡:"树能朽烂在山谷里,是树的命好。你没看到现在的树想烂在山里也不能够了吗?"

这个老家伙,他是机村敢于对伐木场这么毫无节制地砍伐树木公开表达不满的人物之一。

伐木场刚刚开始采伐的时候,他好几次溜到山上,藏在林子里等工人们完成一天的工作下山休息。这时,他就从林子里现身了。他把伐木工人放在山上的斧把砍断,用石头砸掉锯子锋利的钢牙。伐木工人太多了。他们的工具也很多。有时,从夕阳下山的时候,伐木工人的背影还没有完全从山道上消失,他就动手了,但直到天黑,他的破坏工作往往也只完成了很少一点点。

第二天,他就守在山下瞭望,看看自己的破坏造成了什么样的效果。

但是,山上的劳动号子仍然此起彼伏,参天的大树仍然在热烈的号子中旋转着站立了千百年的庞大身躯,轰然倒下。

他看到山上跑下人来,从仓库里领出更多的斧头与锯子。他跟到仓库边上,看到那么大的房子里,整齐地排列着一个个高高的木架。木架的每一个格子里都塞满了斧头和锯子,塞满了磨斧头的油石与给锯子开齿的锉子。

协拉顿珠知道,自己不可能毁掉这么多的东西。

但他还是上山去,继续他徒然的破坏工作。直到有一天,他被埋伏下来的工人抓住了。他们把他一双手扭在身后,半推半扶地弄下山来。走到村外路口的时候,天还没有黑尽,他们绕了好大一个弯子,把他偷偷地押进了伐木场。

他很奇怪,他不害怕,反而觉得轻松下来了,以后,再也不用上山去徒劳地破坏了。他的脸上因此出现了轻松的笑容。他的脑子里甚至回响着那首漫长古歌的片段:

他们举起了火把,

他们火镰上黑色的铁亮出了刃口。
黑的铁撞上了白的石,
撞啊,撞啊!一直都在撞啊!
火星就飞起来了。
树冠中的鸟群被惊飞起来,
树枝上的鸟巢被震落下去。
倒下了,倒下了。
那些喷喷香的柏木,
那些树叶哗哗响如银币的椴木。
国王要造一座宫殿,
国王要造一座城市。
可是,宫殿燃烧起来了,
城市燃烧起来了,
国王檀香木的宝座也燃烧起来了。

协拉顿珠没有唱,只是那歌自己在他脑子中响着。工人们把他推到伐木场领导面前时,他脸上还挂着浅浅的有些讥讽的笑容。不是他想讥讽什么,而是这歌所带的讥讽意味使他脸上显现出了这样的笑容。他没有想到的是,那个领导并不气恼,笑嘻嘻地看他半天,说:"老乡,你知道不知道国家有多大？"

协拉顿珠说："很大很大。"

"你说对了，国家想砍一点树搞建设，还怕你弄坏几把斧子吗？"

协拉顿珠知道，他们仓库里有他毁不完的斧子。但他没有说话。

领导说："老乡，我就让你参观一下我们有多少斧子吧。"

协拉顿珠说："我知道，你们仓库里有很多很多的斧头和锯子。"

走在头里的领导回身看了看他，手叉在腰上大笑起来："妈的，你这个老头真是好玩得很，知道弄坏不完我们的东西你还要去弄。"

协拉顿珠说："其实我也不想弄了。"

他说这话是真的。他弄坏那些斧头是想叫这些人没有办法砍树，但他们有三辈子人也使不完的斧子，他再上山去弄，自己都觉得自己是个傻瓜。

领导还是要叫他开眼。他叫工人拿来新式的锯子。这东西锯木头的部分是一盘旋转的链齿，后面是一台汽油发动机。一拉绳子，机器就呜呜地叫起来，带着那盘链齿唰唰地飞转。片刻之间，一阵碎末飞溅，一根粗大的木头就被截成了两段。

领导说:"你看吧,我们有新家伙了。我们要机械化,那些旧东西我们也不想要了。"

协拉顿珠伸手摸了摸那台安静下来的机器,手被烫了一下。他猛然一下缩回手来,自己有些尴尬地笑了。领导特别宽宏大量,说:"老人家,你回去,好好种你的庄稼吧。工农一家,知道吧。"领导举起两只手,伸出两个大拇指,并在一起,不断晃动,说:"工农是一家,团结起来建设社会主义啊。"

协拉顿珠蹒跚着脚步,慢慢回家。

好多天,他都在村子里向人述说那台脾气很大的厉害机器。

年轻人对他的宣传有些不屑:"那是油锯,不是什么有脾气的机器!"

其实用不着他来宣传,不久,满山谷里都是这种机器的声音了。

没过多少年,机村周围的山坡就一片荒凉了。一片片的树林消失了,山坡上四处都是暴雨过后泥石流冲刷出的深深沟槽,裸露的巨大而盘曲的树根闪烁着金属般坚硬而又暗哑的光芒,仿佛一些狰狞巨兽留下的众多残肢。围绕着村庄的庄稼地,也被泥石流糟蹋得不成样子,肥沃绵软的森林黑土消失了,留在地里是累累的砾石。凶猛的泥石流还两次冲进了村子,推倒了好几户人家的房屋。有两户人家,墙背后堆积着砾石与杂乱的树根,墙的正面,用很多树干支撑着,才没有倒下。

因为很多土地被泥石流毁掉,机村现在的问题是,每年打下来的粮食不够吃了。

国家因此免掉了应该上缴的公粮。但是仅仅过了两三年,一到雨季,洪水从失去遮拦的山坡上一泻而下,毁掉更多的土地与庄稼,即使是免掉了公粮,机村人打下的粮食还是不够吃了。

还在初夏时节,机村人的粮柜就空了。

地里的麦子正在抽穗扬花,许多机村人拿着空口袋,行走在去往别的村庄借粮的路上。四近村子里的人就嘲笑说:"他们勤劳的驼子支书一离开,正该侍弄庄稼的时候,机村人就出来四处闲逛了。"

"大跃进"那一年,过多的肥料烧死了麦苗,机村人都度过了荒年。但现在,被泥石流冲毁的土地越来越多,机村的人口却在慢慢增长。粮食够吃的时候,人们想多生养两个孩子都不能够。现在,没有粮食了,孩子却一个接着一个来到人间。

有人甚至开始怀念驼子支书了。

其实,连怀念着驼子的人也都知道,他就是留在村子里也是白搭，他不可能到那些砍光了树林的山坡上去开垦土地；只要一场大雨，那些斜挂在山坡上的浮土就都被冲到大河里，流到远方去了。

大家都愁眉不展的时候，协拉顿珠却又拿出了他的六弦琴，开始曼声吟唱：

> 雄鹰乘上旋风向下，向下，
> 在觉尔郎峡谷，
> 就像看见天堂，
> 看见了国王的城堡，
> 看见了寺院的金顶，
> 看见了溪水缭绕，
> 看见了鸟语花香，
> 看见了，看见了，
> 在我眼睛看得见的地方，
> 我看见祖先们高贵的容颜，
> 在我眼睛看不见的地方，
> 我的心看见了觉尔郎峡谷的美景，
> 就像看见梦中的幸福一样！

五

协拉琼巴听着爷爷歌唱,不再那么愁眉不展了。

他母亲让他拿一只空空的口袋去邻村的亲戚家借粮,他面子薄,不去,把空空的口袋垫在屁股下,坐在门口的台阶上,听爷爷歌唱。那么漂亮的歌,让他干瘪的嗓子唱得那么忧伤而绝望。

这种忧伤与绝望,击中了这个年轻人的心房。

他问:"这个世界上真正有过这么一个美丽的地方?"

"这个世界上?瞧瞧你说的,年轻人,你是不相信这个世界上就应该有这么一个美丽的地方?"

"就像故事里说的一样,这个美丽的地方就在山口那边的云雾里边?"

"那是我们祖先王国的中央,那是我们悲伤记忆的源头。"

协拉顿珠为了自己说出这么韵律谐和的句子，得意地笑了。

协拉琼巴拍拍屁股离开了他。他是机村上学最多的人，但在这个时代，恰好是上学很多的人学会了蔑视文雅的东西。更何况，这样协于音律的话语出自一个衣衫褴褛的农人之口，正好对文雅本身形成了一种强烈的讥讽。协拉琼巴离开他爷爷的时候，就做出满口的牙齿都被酸倒的难受的表情。

刚走出院门，他就碰到了骆木匠。骆木匠看着他难受的表情，拍掌道："让我猜猜，发生什么事情了？"

"猜个屁，还不是我爷爷唱歌。"

"又唱峡谷里的故事？"

"那他还会什么？"

骆木匠拍着协拉琼巴的肩膀在村子里闲逛，逛了一阵，突然说："我们该去看看那个地方。"

协拉琼巴有些吃惊地看了他一眼。

骆木匠说："怎么，你害怕吗？"

一件后来在机村变得很大的事情，就在这一刻，在两个年轻人突发的奇想中开始了。协拉琼巴说："就我们两个？"

骆木匠举起手，说："等等，让我想想。"他摸着下巴，往左边走出几步，又往右边走出几步，那样子，有点像电影里英雄人物寻思什么事情时，早已成竹在胸，还要表演一下自己在思考的那种样子。说实话，协拉琼巴并不喜欢谁摆出这个样子。当然，如果是他自己摆出这种样子的话，那就另当别论了。骆木匠放下了摸着下巴的手，说："走，找索波去商量商量。"

不知道为了什么，这人说话的口气是越来越大了，跟大队长讲事情也是商量商量。

但协拉琼巴还是跟着去了。他是村里的积极分子。大多数时候，积极分子都是他们这样的角色。他还知道，别人看自己，也是自己看骆木匠这种不舒服的感觉。他知道这是进步，但有些不明白的是，进步青年为什么会给人怪怪的感觉。

进步的人，不是坏人，但也好像从不被人归到好人堆里去。

他把这个感觉对骆木匠说了。骆木匠站住，仔细想了想，摇摇头，说："我没有这样的感觉。"说完，又扭头往前走。走了几步，突然站住了，回过身来。这回，他细细地看着协拉琼巴，盯着他的眼里浮出了怪怪的神色。然后，他笑了，他的笑意里有种掌握了别人内心秘密的欣然与得意。

就这一眼，就在这片刻之间，骆木匠从一个协拉琼巴看不起的人，变成一个使他害怕的人了。

路上，他们遇到了赤脚医生卓央，骆木匠一把就把她抓住了，说："走，我们去见大队长！"

卓央也是进步青年，但她并不喜欢这两个家伙，进步青年们彼此依靠，但并不互相喜欢。所以，她还是相跟着走了。

两个小时后，黄昏降临，三个人从索波家出来。各自走开时，协拉琼巴因为心里有了那个秘密而大胆的计划而激动不已。回到家里，母亲因为他不肯出门借粮而一直埋怨个没完。他笑了，说："没有吃的，我怎么上路呢？"

母亲叹息："要是家里还有吃的，我还要你出去借粮？"

"要是你儿子饿死在路上了呢？"

母亲说："那你就该早早上床，明天早早起床上路吧。"

他睡在床上，侧耳听到母亲从什么地方取出了面粉，在案板上和面，在平底锅里烙饼。当麦面饼子散发出香味的时候，他就在这麦饼的香味里进入了梦乡。早上，他出门的时候，母亲流着喜悦的泪水不断地对父亲、对爷爷说："我说我们家儿子会懂事的。看，他现在肯出门借粮，他懂事了，他不再想着要离开我们到很远的地方去了。"

协拉顿珠叹着长气，说："可怜的女人，可怜的女人。"

协拉琼巴心里觉得特别酸楚，他抓起空粮袋赶快逃离了家门。按母亲的逻辑，懂事，就是一辈子守在这穷乡僻壤，不懂事的人才去到海阔天空的外面的地方。他甚至有些迷信地想，自己没有能跟其他两个同学一样离开机村，也许就是因为母亲要把儿子留在身边的愿望过于强烈了。

他走到村外，知道背后有人看着，便径直往东边去了，但一走出家人的视线，就绕了一个圈，走到村子西头通向山里的路上去了。急急地赶到约定的地方，骆木匠和卓央早就到了。他没有料到的是，索波也背上行李站在那里。

他把询问的目光投向了骆木匠。本来，昨天说的是三个人组成一个青年突击小组，去那个传说中的峡谷打探一番，目的是寻找适合开垦的土地。但现在，索波却也置身到这件事情中来了。这个人一参加进来，如果此行真有收获，账可都要算在他头上了。

骆木匠哼哼了一声没有说话，他不满的神情也溢于言表。

索波故作爽快地哈哈一笑。

骆木匠这才开口说话："大队长你不该去，你一去，事情还没有开始，就人人都知道了。"

索波认为，他们往觉尔郎峡谷去，是为了寻找新的可以耕种的土地，是正大光明的事情。而且，因为有了大队领导参加，这件事就更是光明正大了。

骆木匠还是不同意，说这应该是一次秘密的行动。"等我们回来，带回来好消息让所有人都大吃一惊是什么效果？"

骆木匠说。

骆木匠还说:"万一要是我们两手空空地回来呢?"

这一下他的说服力就很强很强了,因为准备工作是悄悄进行的。

连带去那里的东西,都预先藏在村外了。他们出村的时候,除了卓央身上赤脚医生的红十字药箱外,早都藏在村外了。他们从岩洞里取出了早就准备好的东西:对付密林中藤蔓和猛兽的锋利长刀,降下陡峭山崖的绳索,好几盒分包在塑料布里的火柴,还有干粮与白酒,每人一块披毡,白天可以防雨,晚上裹在身上,睡觉用的被子与褥子就全都是它了。把长刀横插在腰带上,背上东西,他们出发了。远远地,就看见那山口上升起薄薄的雾气。长年累月,山口上每天都有云雾升起。机村人从那片云雾的浓淡厚薄就能判断天气的好坏。这天,那里升起的云雾非常稀薄,轻盈地一直向上,很快就化入了蔚蓝的天空。

这就是说,等着他们的是一个大晴天。

走到中午时分,他们停下来打尖的时候,还是没有看到那个山口,那片稀薄的云气依然悬浮在蓝天的背景下。直到黄昏时分,他们才望见了那个山口。山口的外面,平缓的山梁,山梁上宽阔的草甸,草甸间一汪汪的水洼被夕阳照出一片耀眼的明亮。而在山口的那一边，明亮的光线像是瀑布一样跌落下去了。阳光只是照亮了上面的空气，还有稀薄的山岚中盘旋着的飞鸟。

在那光瀑跌落的虚空下面，是一片黑暗的深渊。

四个人站在那里，夕阳从右前方照过来，把他们站在山梁上的影子拉得越来越长。前方的山口，潮湿的云气正嗖嗖地漫卷而上。

在他们驻足瞭望的时候，夜晚降临了，他们生起了好大一堆篝火。在这样的旷野中，这么大堆的火，其实并没有照亮什么。既不能驱散这片荒野的黑暗，也不能把火堆旁的几个年轻人的内心深处照亮，使彼此能够看见。他们拼命靠近火堆，火光投射到脸上、手上和胸膛上的那点灼人的明亮与温暖，反而使他们更清楚地感受到火光照耀不了的更宽广的逼人寒气与内心深处的黑暗。

他们是这个时代造就的追求光明的年轻人。但他们一辈子都想不明白，为什么在这样一个过程中，内心会同时产生这么多的寒冷的黑暗。就像他们看不清楚山口下面那个黑暗的深渊中潜藏着什么一样，他们也看不清楚彼此的心灵。

卓央喃喃地说："冷。"

骆木匠说："干脆说你害怕就是了。"

索波就说："咦，我才想起，你不是机村人啊。怎么连户口都没有就在机村待了这么多年了，还像领导一样对人说话？"

骆木匠在那年大火过后来到机村。没有人知道他来自哪里。他离开机村的时候，也没有人知道他去了哪里。但大家知道，这是一个有来头的人物，因为他每次来到机村，公社领导都给村里打招呼，要好好待他。每年，他都到村里来做一段时间的木工。最近两三年，他根本就没有再离开了。大家都弄不清楚，他怎么就在小学校里像老师一样，有了一间自己的屋子。机村人觉得他是个外人，但他自己一点也不见外，对机村的很多事务，比机村人更加地当仁不让。

现在，他马上就把索波的话顶了回去："我是中国人，只要是在中国，我想待在什么地方就待在什么地方，除非你敢说机村不是中国，那我现在马上就离开。再说领导也不是天生的，你当得大队长，别人未必就当不得大队长。"

人们也弄不明白，过去那个殷勤小心的家伙是从什么时候起习惯了用这么大的口气说话。

在说话方面，村里的年轻人，很少有人能胜过他。他只会汉话，不会藏话，要跟他对话，就必用汉语。这样，机村人在口齿上是先自输了一着。再说了，这个时代人说话口气一大，就有了放眼世界的意思，那气势就很壮大了。大部分时候，遇到这种情况，输家总是气咻咻地忍受了。也有忍受不了的，就要动手打架。可只要一动手，这小个子的家伙，自己就先躺倒在地上，把整洁的衣服滚上许多尘土："救命，救命！打死人了！"

这样的行为，让大家对他既感鄙薄又有些害怕。

有人因为害怕而对自己感到愤怒，最终却发现，愤怒并不会克服这种害怕。

索波也怀有这样矛盾的心情。此时此刻，他又对自己感到愤怒了。其实，这个人才是最不应该参加到这支队伍里来的，就是自己当时不假思索，就把这个人当成了这支队伍里一个当然的成员。要知道，这支队伍承担着的使命是多么的光荣啊！如果真是像传说中的那样，那个云遮雾罩的神秘谷地中，真的存在过一个王国，那么，那个谷地里肯定就有足够多的可以开垦的土地。机村那些被洪水被泥石流毁掉的土地，就可以在那里得到恢复。传说中说，那个小王国向四方征讨的军队都葬身于他乡，没有回来，然后，那个炎热的谷地中老鼠们传播了一种可怕的疾病，绝大部分人都让可怕的瘟疫给消灭了，只有少数幸存者逃出谷地，迁移到了机村和邻近的几个村庄。几百年后，轮到机村人为了生计又要向那个地方转移了。

这样一次伟大的回归，怎么会让一个来历不明的家伙参加进来？想到这里，索波真的愤怒了："你说什么？你说这么大的中国，你想去什么地方就去什么地方？你是不受户口管制吗？一个人长时间在户口不在的地方生活，就是犯法，你不知道吗？"

骆木匠涎着脸笑了，说："好，好，看来我跟卓央姑娘说话你生气了，我不该跟你喜欢的姑娘说话。"

要在以往，索波也就借坡下驴了。但这次他不。他意识到了这次任务的重要性，心里因为一种使命感而增加了十分的底气："我告诉你两件事情。第一，回去我要看看你的户口，如果没有，就请你永远离开机村；第二，明天早上，你就给我滚蛋。"

说完，他裹上牛毛披毡，在草地上躺下了。

卓央也裹紧披毡找了一个地方躺下。

骆木匠把讨好的笑脸转向协拉琼巴，但协拉琼巴抬起了头，仰脸去看天上的星光。灰蓝色的冷凛天空中，奶白色的银河带着那么多星星悄然而缓慢地旋转。清冽的光，从天空深处倾泻下来，把起伏绵延的旷野勾勒出一个隐约的轮廓。

"妈的，你不想理我是吧？"

协拉琼巴一家特有的灰色的眼睛，本来就含着一种悲戚的味道，在这暗夜里，这种味道加深了。他从天上收回了目光，定定地盯着骆木匠看了好一阵子，说："我真的不喜欢你。"

"你肯定没有想过，有一天你会落在我的手上。"

协拉琼巴扭头去看不断有雾气涌起的那个深渊，回过头来时，眼里的神色更加迷惘，悄然自语一般说："那又怎样？"

骆木匠提高了声音："大声一点，不要像个胆小鬼一样跟自己嘀嘀咕咕。"

"那又怎样？"协拉琼巴又说了一遍，但他还是没有能把声音提高。不知因为什么，当他一来到爷爷反复吟唱的这道深邃的峡谷跟前，一种莫名而起的悲哀就把他牢牢地控制住了。这个年轻人的内心还从未产生过类似的情感。现在，悲哀使他不想说话，即使张口说话，也无法提高声音。这个家伙，却一直得意扬扬。他把脸逼过来了，他张开的口里，正在吐出挑衅的语言。于是，协拉琼巴的拳头猛然一下，击打在那张还在逼近的脸上。

骆木匠像女人一样尖叫一声，仰面倒下了。倒下之后，他不再出声了，在火堆旁蜷起了身子。协拉琼巴把披毡扔在他的身上，自己又往火堆里添了一些柴，睡了。

火堆暗下去，高旷的星空下，起伏绵延的山峦间，响起了野狼的嗥叫声。

早上醒来,索波好像已经把昨晚所下的驱逐令忘记了。

骆木匠好像也把昨天晚上的一切都忘记了。虽然他的鼻梁旁有协拉琼巴拳头留下的一块青肿。吃过早饭,他收拾起过夜的东西来,真是比一个女人还要利索。而且,他迎向每个人的表情都是那么自然松弛,反而是索波跟协拉琼巴,脸上的表情显得僵硬而紧张。

太阳升起来,高处的旷野一片明亮,可在山口前面,猛然下沉的峡谷,浮满了蓝色的山岚。

索波深吸了一口气,率先往前走了。协拉琼巴也跟了上去。卓央挡在骆木匠的面前,一动不动。骆木匠在她背后站立一阵,绕过她往前走。她紧走几步,又拦在了他的面前。

但骆木匠又从旁边绕到前面去了。

卓央就跌脚喊道:"索波队长!"

索波没有回头,也没有停下步子。

骆木匠笑着对卓央说:"你生气有什么用,大队长心里是同意我去的。"

卓央也就不再拦着他了。

六

刚靠近山口，风就呼呼地扑面而来。

风很强劲，像是一双无形的大手要把这几个冒险的年轻人推离山口。身材矮小的骆木匠走到了队伍的前头，他弯下腰，弓着腿，一步一步地往前走。大家也学着他的样子弯下腰，风的推拒就没有那么有力了。当他们越过那个狭窄的隘口，风立即就消失了，水汽很重的空气像件半干的衣服，一下子就紧裹在了身上。生活在山里的人，眼睛总是习惯性地往上，看见树木、岩石与山峰，但在这里，当眼睛依然习惯性地向上，视野里就只剩下空阔蓝天，眼光猛然一下失去依凭，双脚下面立即生出来悬浮的感觉，感到身子正在往某种虚无的空间里慢慢下陷。

卓央甚至低低地尖叫了一声。

然后,他们小心翼翼地垂下了眼睛,看到双脚实实在在地站在柔软的草地之上。再往前好几步,才是峡谷深切的边缘。边缘下面,壁立着赭红色断崖。断崖之上,有些小小的平台。上面长满了树冠巨大的乔木。断崖上的树也与机村山坡上那些树大不相同。

骆木匠显得十分轻松:"该让达瑟也来,让他告诉我们这些树木的名字。"

其他三个人站在绝壁边上,不禁头晕目眩,感到只要稍大一点的风吹来,身子就会像一片轻盈的羽毛一样飘荡起来,坠入深渊。

骆木匠在悬崖边上走来走去,表情轻松,他说:"有点头晕是吧,坐下适应一会儿,我们就可以出发了。"

三个人都听话地坐了下来。

骆木匠又说:"不要闭上眼睛,还得看,往下看,越害怕越要看。"

三个人忍住背梁上阵阵发冷发麻的感觉,往下望去。目光一点点往下,看到悬崖上,雪白的瀑布从一个巨大的山洞里钻出来,飞坠而下。一群羽毛在阳光下闪烁着彩虹般艳丽光芒的鸟盘旋在断崖之间。盘旋的鸟群,不是上升,而是下降着,下降着,终于牵引着他们的目光下到了断崖消失的地方。

那里，深谷陡然下降的坡度一下放缓了，连绵的森林仿佛一片汪洋，顺着山势逶迤而下，终止在谷底那亮闪闪的湖泊岸边。这个深陷的谷地没有出口，四面的溪流都向着那个湖泊汇集。

索波问协拉琼巴："古歌里提到过这个湖泊吗？"

"众水汇流而永不满溢，底下的孔道通到南瞻部洲的大海！"协拉琼巴直接引用歌词来回答。

"那就好。"索波说。

那意思好像是说，只要是古歌里唱过的，那就是真实的存在，不然，美丽的湖泊就是一个虚幻映像了。骆木匠脸上挂着有些夸张的轻松表情，还在悬崖边走来走去。起先，三个人看着他这样行走，都有些头晕，现在，这种感觉已经过去了。他们站起身，走到了悬崖边上。索波找到一块突出的坚固岩石，往上面缠绕绳子。意思是他们要从这里顺着绳子降到第一个长满松树的平台上去。

协拉琼巴说："不用，应该有一条道路。"

他知道，古歌里唱过，那个遥远王国的人们最初因为躲避战乱进到了这个山谷，几十年后，出产丰富的山谷使部落强大，他们的藤甲兵开始征伐四方。藤甲兵出征的时候，队伍走在新开出的栈道上，特别地威武雄壮。协拉琼巴想，这条栈道应该就在离山口不远的地方。果然，他很快就在一片特别茂盛的杜鹃林中找到了那条古道的口子。陡峭的岩壁上，现在还可以看见盘旋而下的道路的隐约痕迹。用脚蹬开荒草，踢开因风化而破碎松动的岩石，一道一道的梯级显现在脚下。中午时分，他们来到了第一个平台上。

抬头望望，上面是壁立的岩石，岩石上面的天空中是被劲风吹拂着的旗帜般的云彩。望望下面，谷底的云雾升起来，在他们脚下不远处平展展地弥漫开来。

平台上，巨大的松树下平铺着厚厚的松针，松针间，是松树露出地面的虬曲的根子四处盘绕。当他们进入林中，头顶的天空和猎猎的风声都消失了。林子里寂然无声。阴暗干燥的空间里流溢着松脂的香味。那香味如此浓烈，让人以为整个林间的空气就是一大块透明的松香。他们在遮天蔽日的松林间钻来钻去，整整两个小时才找到再次向下的路口。他们在裸露的树根上砍下新鲜的印迹，标示出这个出口，才继续往下。这时，悬浮在谷地上的浓雾散开了。但日暮时分那晦暗朦胧的光线正在淹没深陷谷盆的底部，并从那里慢慢升高。他们离下一个台地还有一半的时候，那从谷底慢慢升上来的晦暗光线就水一样把他们淹没了。

但这并不是真正的黑夜。他们还能看见。被脚蹬掉的风化的浮石坠落下去,与岩壁碰撞着,发出巨大的声响。一些已经栖息到岩上的大鸟惊飞起来,愤怒地尖叫着在天空中盘旋。

因为身陷在那晦暗的既不是白天也不是夜晚的光线中,大家都有些着急。骆木匠就差点随着脚下的浮石一起跌下山崖。是索波飞快地伸出手紧紧地攥住了他。骆木匠张开四肢,蜥蜴一样紧贴在山崖上,苍白的脸上很久都没有一点血色。

卓央后来说,那时他的脸像是一张纸剪的月亮。

他们到底还是在真正的黑夜降临之前下到了第二个平台上。

平台上照例是密集的树林。他们好不容易才找到了一块可以望见天空的空地过夜。这时,骆木匠已经从刚才的惊恐中平复过来了。坐在火堆边上,他对索波说:"你不要用那样的眼神看我。"

索波确实在用含有某种意思的眼光不断看他。

他说:"我要是掉下去,会有人追认我是烈士,而你却要负一定的责任。我没掉下去,你也就没有一点责任了。要是我是为了自己,我会感激你,但这是为了整个机村,你不要以为我会感谢你。"

这话听起来特别的无情无义,但想想也不是没有一点道理。

大家想不明白的是,这人刚来村里的时候,逢人就是一脸谦恭的笑容,现在却时不时地口吐狂言了。让人更想不明白的是,大家心里居然都隐隐地有点怕他。这个家伙,他也非常清楚这一点,他为此感到非常的得意。他还悄悄对卓央说:"你用不着像他们一样怕我。"

卓央说:"我为什么要怕你?"

骆木匠说:"问题是我不要你怕我。我喜欢你。"

卓央觉得这样一个没有来由的人说出这样的话来,简直是对自己一种深重的侮辱。所以,她说:"呸!"

去县城里受过赤脚医生培训,学过消毒与包扎,学过怎么使用日常药品,学过怎么用听诊器听腹腔里各种声音,能够用银针扎到人身上数十个穴位的卓央姑娘心里喜欢的是索波。她爱上了机村这个并不招大多数人喜欢的先进青年。而这时,总是意志坚定的索波却有些神情恍然。

卓央举起手来在他眼前摇动,但他的眼光好像穿过了她的手掌。卓央在城里接受赤脚医生培训时,在医院里看到过一种机器,这种机器可以穿过衣服,穿过皮肉。卓央还做过一次教学模型,医生让她站在那台机器面前,只听得"咔哒"

一声，医生说完了。第二天，老师带来一张黑色底片，后面用手电筒一照，说："看，卓央的手！"

那是一只没有皮肉的手，只剩下白生生骨头的手。

下面发出一声声惊叫。胆大的都扭头去看卓央。血色充盈肌肉细腻的卓央同学活生生地坐在大家中间。

老师又说："这也是我们大家的手！"

下面响起了有些迟疑的笑声。

卓央把手伸到索波面前摇晃时，想起了把自己的手照成一把骨头的那张 X 光片。但这个家伙，他的眼光却连这些骨头都不存在一样地穿过去了。峡谷里从下往上，湿漉漉的热气蒸腾而上。协拉琼巴沉默不语，眼光比索波还要沉静迷离。骆木匠说："疯了，要把人热疯了。"脸上却没有半点要疯狂的迹象。

"嗨！"卓央再一次把手伸到索波的眼前去摇晃。

索波猛一下掉过头来："什么？"

"你问我？是我问你在想什么。"

索波脸上还是一派恍惚迷离的神情："花，太多了，那些花。"

是的，在这么黏稠的蒸腾而上的暑热里，那些蓬勃密集的灌木枝条上，一簇簇，一穗穗，盛放着那么多的鲜花。沉甸甸的花朵压弯了枝条。沉甸甸的花香就像一块湿布一样,紧贴在鼻子上。索波说:"太多了,这么多花。"

协拉琼巴喃喃地说:"真像是梦境一样。"

"谁的梦境?"

村子里都传说,凡是叫什么协拉的这些人,都会在某个时候,在梦境中见到祖先们在峡谷中生活的情景。

"你梦到过这些花?"

协拉琼巴没有回答。他说:"我们不该在这里过夜,下面的热气还要上来,这里热死了。下去,下面凉快一些。"

骆木匠叫起来:"伙计,你疯了!"

索波的表情犹疑不决:"下面真的会凉快一些?"

协拉琼巴点了点头。

骆木匠说:"你没有去过下面,你怎么知道?"

协拉琼巴没有回答。

索波说:"可是,晚上什么都看不见。"

协拉琼巴不说话,他的眼光四处逡巡,然后,脸上浮起神秘的笑容:"来,你们跟我来吧。"

大家就都跟着他动身了。他走在前面,身体僵直而脚步虚浮,那姿态仿佛梦游的人一般。他并没有埋头看脚下,但在这悬崖峭壁上,他每一脚都找到了一个平坦而空旷的地方,每一脚都踩在坚实的岩石之上。甚至，他们感觉自己的双脚踩在相当平整的岩石梯级之上。协拉琼巴的声音在前面："不要四处看，手摸着岩石，一步一步，就像走在家里的楼梯上一样。不要看上面的天空，也不要看下面的大地，夜半三更，反正什么也看不见。对，对了，就像这样，一步一步，一级一级，就是这样，我说了，就像走在自己家楼梯上一样，只是这楼梯很长很长……"

他们的脚步也就一步一步踏在坚实的梯级之上。

索波想看看四周，真的就像协拉琼巴说的，什么都看不见，上面，闪闪的星光消失了，下面，辉映着星空的宝镜一样的湖泊也消失了。甚至连风声都消失了，四周只有浓重的黑暗，还有黑暗中协拉琼巴巫师一样的声音："不要张望，因为你什么都看不见……"

协拉琼巴用他父亲吟咏古歌的腔调念叨："那条路，不在眼前，而在心上。那条路，不通往地狱，也不通往天堂，通往我们伟大的故乡！"这情形，恍然间犹如梦游一般。就这样，恍恍惚惚地走了半夜，草木的清香又扑面而来。协拉琼巴说："好吧，睁开眼睛吧！"

大家都不太记得此前是不是一直闭着眼睛的，但现在，他们非常清楚地又看见了满天星光，看见自己站在一株巨大的松树跟前。树高举着巨大的树冠,也没能遮去满天星光。大家都长吁一口气,坐在了满地绵软的松针之上。没有人说话,所有的屁股都很舒服地沉陷在绵软的松针里面。协拉琼巴端直地坐着,打起了轻轻的鼾声。卓央推他一把,他就倒下去,鼾声更加顺畅而响亮。

卓央轻轻笑了一声。咕咕的笑声像是树上那些野鸟的梦呓。她也倒在香喷喷的松针毯子上沉入了梦乡。

七

除了协拉琼巴,谁都不敢去想他们自己怎么能摸着黑从那悬崖峭壁上走了下来。

迷离恍惚的协拉琼巴说:"那有什么,先人指路。"

"仙——人——指——路!"卓央不禁叫了起来。

听到那惊怪诧异的声音,协拉琼巴抬头看看悬崖,又看看峡谷上方空洞洞的蓝天,莫测高深地笑笑,只是说:"不是仙人,是先人。以前在峡谷里的先人。"

骆木匠说:"你看见了你家的先人?"

"反正,我看见了一个人走在前面,反正我听见了他对我说,来,跟着我来吧,不要害怕。反正,我在前面跟随着他,你们也就跟着来了。反正,他对我说,踩着我的脚印走,我也这样对你们说,踩着我的脚印。结果,我们就平安地下到谷底了。"

卓央喊叫起来:"不要讲了,我害怕!"

骆木匠却是水上的野鸭,心头软了,嘴巴也不会软:"我不相信!"他这么说话,说明连他都明白,自己多少有些相信了。

还是索波因为承担着更多的责任而保持着清醒:"下倒是下来了,可是回去呢?"

往上望去,赭红色的峭壁几乎就向着他们的头顶倾压下来,真不像是可以自己攀缘上去的样子。崖缝间虬曲着一些稀稀落落的松树,松枝间隐隐约约飘浮着淡淡的雾气。而在山谷的底部,植物疯长。好些树的叶片不可思议的巨大,合抱粗的虬曲树干上苔藓潮湿松软。苔藓与树干之间是四处蔓延的藤蔓。还有一种花朵,竟然大如人面。

三个心中不安的家伙,透过那些长相奇异的巨大树冠之间的缝隙,不断去回望身后高高的崖壁,即便悬崖上的来路也充满神秘,但只要知道归路在那里,也能使他们感到心安。

协拉琼巴脸上浮现出浅浅的笑意,再一次说:"跟我来吧。"

他在齐腰深的茂盛荒草中蹚出一条路来,走出一段,回过头来说:"我带你们去一个地方。"平常他们家特有的灰色的黯淡无光的眼睛这时焕发出一种特别的光彩。他转身走在前头,双脚不断地踏倒一丛丛荒草,手起刀落,悬挂在身前的藤蔓纷纷落地。四周的树林中,有野鸡惊飞起来,还有一些奔逃的野兽在林木深处弄出了更多的响动。潮湿闷热的空气,黏糊糊,把汗湿的衣服粘在身上,这种感觉就像是被某种不愉快的东西纠缠住了。

每个人都想快点走出这令人窒息的处境。

但是触眼处尽是疯狂生长的荒草,是硕大的花朵,是纠结不清的藤蔓,是林中受到惊动后四处奔逃的动物。那些受惊奔逃的动物影影绰绰的影子在阴暗的树林深处晃动。

"快到了吗?"

"快到了吧?"

协拉琼巴带着他们在暗无天日的林子中穿行的时候,他身后的人总在发问,但是协拉琼巴只是挥动着手里锋利的长刀,一路向前,偶尔转过身来,却不答话。受惊的动物依然在林子中央奔跑。一种隐身在巨大树冠中的大嗓门的鸟发出人一样的声音:"来了!"

一只鸟这么一叫,其他的鸟就发出同样的应和:

"来了!"

"来了!"

卓央终于把心里所想说了出来："我害怕。"

协拉琼巴停下了脚步，回身说："不用害怕，故事里讲过，这里就是有会说人话的鸟。"

这个故事，骆木匠这个不明来历的人可能没听说过，但索波与卓央是知道的。很多年前的王，不知道是这个山谷古国的第几个王，得到一只特别会说人话的鸟。这鸟四处飞行，晚上回到王宫，就把白天听来的人话学说给宫里的国王听。国王以此为据拔擢或除掉手下的臣子。这个王因此成了一个公正的王。

回味这个故事的时候，密不透风的树林前方透进了明亮的天光。天光尽头，一处高耸的小丘上，巨大的树木消失了。他们加快脚步向亮光那里去了。这回，索波端着枪走在了前面。

协拉琼巴想越过他，但索波一旦甩开了他的长腿，就没有哪个机村人能够赶上他的步伐了。他只好在背后喊："要是看到狼，不要开枪！"

索波转过身来："看到狼还不开枪，要枪干什么？"

"故事里说，那不是狼，是不甘心的王子。"

话音未落，一只狼真的就出现了。它在小丘的顶部站立着，整个身子的侧面对着这几个陌生的闯入者。修长的身躯，灰色的皮毛光滑明亮,它站立在那里,以整个小丘主人的姿态。它听到了这几个陌生来客的动静,却没有转过脸来,这个家伙只是抖动着尖尖的耳朵。索波举起了枪。而狼的要害部位几乎都暴露在枪口下面:脑袋、颈子、肋骨下的胸腔。

没有人说得清楚,是枪响在前,还是狼的消失在前。

枪声并不巨大,使枪声显得巨大的是小丘四周突然呼啦啦腾身飞起来的五彩的鸟群,是五彩鸟群同时腾身时搅动了空气的声音。鸟群飞腾而起,数百只五彩鸟同时被阳光照亮,焕发出夺目光彩那一瞬间,也仿佛在空中炸开了一声巨大的声响。

这些古歌中的五彩鸟真的曾经向过去的人学舌过,它们盘旋在天上,还在惊叫:"来了!来了!"

它们的聒噪声震得人脑袋嗡嗡作响。

见多识广的骆木匠笑了:"妈那个×,鹦鹉!"

"鹦鹉?"

"我从来没有看见过这么漂亮的鹦鹉!"

鹦鹉们并不特别善于飞翔,它们又慢慢降落到树上。

天空中没有了它们的影子,树林里也没有了它们的声音。巨大的寂静又笼罩住了这梦境一般的地方。

这时,大家才想起那头漂亮的狼。

狼早已消失不见了。

"狼呢?"

索波说:"上去看看,肯定倒在草丛里,死了。"

骆木匠就往小丘跟前奔去了。协拉琼巴却笑了:"你是等它跑开才开枪的。"

"胡说!"

协拉琼巴眼里闪烁着迷离恍惚的神情,脸上浮现着莫测高深的笑容,嘴上却不再争辩。但索波心里知道这个灰眼睛的家伙说得对,他确实不可能打中那狼。他也知道这不是因为害怕,那么,又是因为什么呢?因为那狼太漂亮,太威风凛凛了,那狼太像狼了。所以,当他手指搭上枪机的时候,心头却犹豫了。就在那片刻之间,狼就是一道光一样闪烁一下,就很快消失了。的的确确,顺枪管指出的方向,从眼睛到缺口再到准星这三点一线瞄出去,即将被射杀的猎物身上都披着一层好看的光晕,特别是有太阳光笼罩的时候更是如此。猎人禁不住都要在心里赞美一声:多么漂亮啊!然后,轰然一声,美丽生灵终究还是被击倒在血泊中了。但是,索波知道,这一回,他的确犹豫了更长一点的时间。枪响之后,那美丽的光晕不是轰然一声炸开,而是闪电一样飞掠而过,从什么地方消失了。

大家都登到了小丘顶上，果然，在狼应该倒下，倒在一汪血泊中的地方，没有狼的影子。阳光落在丘顶的花上、草上与杂树之上。

他们发现，脚下不是一座天然的丘岗，而是一个建筑的巨大废墟。脚下，尽是规整与不规整的石头，石头上面长满了苔藓与青草，石头缝中，那些姿态虬曲的树怕也生长了两三百年，甚至更长的时间了。

现在，这几个年轻人都相信，古歌中怀想的那个古老王国是真正存在过了。

更重要的是，几个人待在这高大的废墟上，心里竟然没来由地感到了隐隐的害怕。好像那些遮蔽了阳光的幽深的树影中，真有遥远缥缈的身影在无声穿行。当他们来到废墟下方，看到一块石头，干干净净，没有长草也没有长树，上面赫然刻着一头狼的图像。协拉琼巴眼里的神情更加迷离恍惚："刚才那头狼不是真的，而是狼神的魂魄。"

大家互相看看，都不言语，只是加快脚步要从这废墟里走将出去。走下这片小丘是容易的，但是，小丘并不是废墟的全部。这片废墟那么广大，从中走出去，真还费了他们不少的工夫。那么多的杂树与藤蔓，那么多苔藓丛生、又湿又滑的石头，还有树冠深处那些聒噪不休的鹦鹉，一直在叫着:"来了!""来了!"

传说中,这些鹦鹉偶尔有一只是王者的奸细,更多的是王族的奴仆。王者一旦走动,它们就振翅飞翔,盘旋在所有臣民的头顶,喝令他们开道或回避。而一旦有面孔陌生者出现,它们更是大声聒噪。立即,王座深垂的帷幕后,侍卫已然刀枪在手了。但现在,只有他们几个人沉默着走在大片建筑倾圮留下的大堆石头中间。那鹦鹉们是在向过去的亡魂通报什么吗?

协拉琼巴有些害怕了:"它们为什么一直这么叫?它们这么叫是想叫谁听到?"

骆木匠笑了:"叫鬼听到!"

卓央用手指塞住耳朵:"你们都不准说话!"

这是七十年代的某一天,无产阶级"文化大革命"正在进行,这场伟大的革命运动一开始,就宣布了所有鬼魂神灵都是不存在的。现在行走在这林间的都是这场运动中成长起来的新青年,都不再相信虚无的鬼魂与过去供在庙里的偶像,而且,庙里很多偶像就毁在他们戴着红袖章的手上。但他们毕竟还是机村人,机村人在这个山谷王国的传说中浸染了几百年。一到这种情境之下,内心那些他们以为早已消灭干净的东西一下子就复活了。

复活的标志,就是他们都感到害怕。

害怕使他们对时间的消逝感到麻木。他们只是汗流浃背地往前走,一直走到阴森的树林终于落在了身后,鹦鹉们的叫声也沉落在浓重的树影中间,他们都没有感到已经走出了古代王国的废墟。直到清新的风扑面而来,把林子中的腐木败草的气味一扫而光。他们才发现已经来到了从绝壁上方曾经望见的碧草如茵的草地上,远处,碧蓝的湖水在阳光下微微鼓荡。

四个人都腿一软,跌坐在草地之上。

湖畔,几只鹿听到了异样的动静,伸长了脖子,竖起了耳朵顺风凝神谛听。骆木匠突然伸手抓过索波的步枪,但他还没有来得及向鹿群举起,那些鹿就甩开四蹄跑开了。

鹿群并没有跑远,它们顺着湖岸跑出一段就停下来了。依然停在湖边那些青碧的草地中间。

卓央说:"太漂亮了。它们太漂亮了。"

机村的人都看到过鹿,但是那些鹿常常在猎人的枪口与陷阱的威胁之下,外出寻食时总是一副惊惶的模样。而且,经过多年的猎杀,特别是经过了机村的森林大火,机村早就没有鹿群了,偶尔出现在人们视野里,也是形只影单。但在这里,鹿群因为一点异常的动静就机警地跑开,但是它们跑出去不过百步之遥，就停下来安详地饮水吃草。骆木匠又想举枪，但被协拉琼巴举手摁住了。

鹿群也没有再受惊奔逃。

大家的目光都掠过风中起伏的草浪奔向那群安详的鹿。

协拉琼巴说："鹿苑。"

"什么？"索波皱起了眉头，"你又在瞎叨咕什么？"

"我说鹿苑。古歌里唱的鹿苑。"

大家就想起来了，古歌里确实唱过，这个王国没有鹿，出征草原部落时，打了胜仗，战败的王敬献了鹿，他们班师回朝后，就有了鹿苑。梅花鹿苑。这几个机村的年轻人没有见过梅花，因为此花本地不产。但远远看去，那些鹿棕褐的身躯上密布圆形的黄白色斑点，的确像是某种开放的花朵。鹿在他们视野中低头吃草，甩动着短短的尾巴，渐行渐远，最后，走入一片阔叶的树林，消失不见了。

卓央说："太美了。"

骆木匠说："以后来开荒的人，只是带上粮食。肉，这里有的是。"

索波起身，在距湖边不远的地方找到一个有泉眼，还有几株野生刺梨树的地方，挥动长刀，芟去地上的野草。然后，他用劲踏踏松软的黑土："房子就建在这个地方。"

协拉琼巴看看湖,再看看树林那边,在树林深处,古国王宫倾圮形成的小丘隐约可见。他笑了笑,相跟着动手干起活来。其实,他们并没有真的建起一所房子。而是芟掉一块草,然后学了修公路和水电站的样子,在将来应该建上房子的地方,打上了一些木桩。木桩砍去了外皮,露出白生生的木质,修公路和水电站的人打下木桩后还会用红色油漆在上面写下编号与简单的文字。但他们没有红色油漆,也不懂得那样编号有什么意义。索波还让大家以此为中心,四散着走开,走完一千步,在那里挖掘一些泥土带回来。大家带回来的都是黑油油的肥沃泥土。协拉琼巴从他带回的泥土中,还拿出了一块坚硬的陶片。

索波把这些泥土郑重其事地分装好,说:"以后,机村人不会饿肚子了。"

这时,黄昏降临了。湖上闪烁着夕阳最后一抹金光。吃东西的时候,协拉琼巴一口也没吃,他离开大家,把捏好的糌粑抛往林中废墟方向,然后,他起身去到了湖边,他蹲下身子,抱住了脑袋,像他爷爷一样开始轻轻吟唱。

骆木匠愤怒了:"队长,这个人一直在装神弄鬼,你要跟他斗争。"

索波用一根棍子拨弄眼前的火堆,他每动一下棍子,许多火星就飞舞起来，飞蹿上夜空，抬头望去，那些火星很快熄灭了。

"斗争？"索波用疑问的口气重复了一遍在这个环境中听起来有些陌生，也有些唐突的词，"跟谁斗争？走了这么几天，你还不累？"

"我想，队长是不想回去了。"

索波很认真地看了一眼骆木匠，长叹了一口气，在草地上躺了下来。深蓝的天空仿佛一个巨大的帐幕笼罩在头顶，上面挂满了一颗颗闪烁的星星。他又长叹了一口气，说："我真是不想回去了。"

这话要是让卓央听见，卓央就要心疼了，但卓央不在，她到水边清洁自己去了。她来到水边的时候，协拉琼巴停止了歌唱。一停止歌唱，寂静立即就降临下来，然后才是湖波轻轻拍击湖岸的声音，回荡在两个人中间。两个人站得很近，但那声音一分隔，他们像是隔得很远很远。协拉琼巴扭头要往回走。这时，卓央却说："你站住。"

协拉琼巴就站住了。

"你不能走，你走了我害怕。"

协拉琼巴就回过身来。

"你转过身去，不准看。"任何时代，这些漂亮姑娘在某种情境下,对于任何男人都有任性的权利。

"好,我不转过身来。"

卓央没有再说话,协拉琼巴站在原地,听见身后一片水声响亮。后来,水声停了。后来,水声又响起来。协拉琼巴回头,是一片朦胧的肉光。他转过身子,那水声在脑子里打雷声一样轰然作响。

不知过了多长时间,卓央站在他面前,露出一口白牙,笑吟吟地说:"你很听话,我们走吧。"那口气比索波队长的口气还要理所当然。但是,一回到火堆旁,她的灿烂笑容就朝向索波队长了:"我们明天就回去吗?"

"回去,回去了我们还要再来。"

"但是,这些悬崖我们怎么上去呢?"

"睡吧,回得去也要回去,回不去也要回去。"

八

"觉尔郎!"

"觉尔郎!觉尔郎!"

说起这个名字,机村的年轻人就脸上放光,犹如阴霾的天气从云缝里漏出的一线阳光正好投射在了他们身上。过去,粮食充足的时候,人们总是抱怨美好的夏天过于短暂,但现在,因为青黄不接,大家都只盼着秋天快点到来,这个夏天就显得太漫长了。夏天的白昼长,这对饥饿中的机村人来说,漫长的夏天差不多是该诅咒的了。而且,这个夏天还没有过完,人们已经在担忧怎么熬过以后的夏天。

但是,现在,情形不一样了。那个传说中土地肥沃、气候温煦的地方真的存在!

索波带着几个人神秘地出走,又神秘地归来,证实了古歌中那个辉煌王国的确存在过，尽管王国已经消失了，但那个比机村土地更肥沃，气候更适合作物生长的地方确实存在！

那样一个鸟语花香、土地肥沃的地方使因为饥荒而绝望的机村人又看到了一线生机。这使他们想起一些古老的传说，想起这些古老传说是为了想起一个久已遗忘的词：迁移。这个地方被人自己糟蹋掉了，他们可以迁移去另外一个地方。在传说中，机村人曾经数次迁移，以至于他们都不知道最初究竟是从哪里出发，以至于没有人能够说出他们到底有过多少个故乡。那些传说不像写在书上的历史那样清楚明晰，只是留下一些隐约的线索，告诉机村人，在来到机村之前，他们的先辈曾经为了生存数次迁移。因为战争，因为天灾，因为瘟疫，因为不同的宗教派别对于宇宙与生命解释中微妙的差别。现在，人毁灭了机村周围的森林，自然之神伸出报复之手，要来毁弃这个村庄了。按照古老的传统，迁移的时候，寻找新的家园的时候快要来到了。

这样的时候，也是产生英雄般的领袖人物的时候。一群羊没有一只威武沉着的头羊的带领，去不到一个水草丰美的草滩；一盘散沙的百姓，各怀私心的百姓，没有一个英雄般人物的率领，不可能有决心背弃一个遭到天谴的家园，更不可能找到一个被神祝福并加以佑护的家园。

那个古老的旧王国,也可能成为机村美丽的新家园!

这种可能性使年轻人感到欢欣鼓舞,但是,年纪大的人们,生活阅历丰富的人们,对新社会总是半信半疑的人们,迅速跌入了绝望的深渊。因为他们想遍了机村的每一个人,都看不出有这样一个人具有这样的领袖气质。传说中有一个领袖因为做王的兄长懦弱而多疑,不能临机决断,毅然杀死了他,带领全族走出了绝境。还有就是那个古国最后一个王。陷入敌军重围时,他让一批年轻男女突围,而自己带领老弱残兵战斗到最后一息,最后,自己点燃宫殿火葬了自己。

但是,如今的机村,或者说如今的时代已经不是产生这种人物的时代了。这个时代,人们只是生活在绝望的心情中,并不是生活真就到了无路可走的程度。

这不,就在几个年轻人带回来好消息的同一天,上面派发的救济粮到了。运粮的卡车停在村中小广场上,差不多整个村子的人都出动了,去领取每人三十斤的救济粮。随着救济粮下来的,还有一个工作组。工作组在发放了救济粮的当夜就召开了全体社员大会。但是,工作组并没有看到期望中那种感激涕零的场面。人们依然愁容满面,整个会场被一片沮丧的气氛所笼罩。工作组长讲了一大篇话,讲完了,期待着下面有所反应，但被大瓦数的电灯照耀着的人们都把脸埋在自身的阴影中间。又沉默了一阵，大家就都抬起屁股来，纷纷走散了。

很快，人群就走光了。剩下一些灰尘，一些夏天里总是非常活跃的蛾子飞舞在明亮的灯光中间。

那些沉默的人，他们坐在下面时，阴郁的表情和深色的衣服吸掉了很多光线。现在，他们沉默着走开了，把吸收掉的灯光还给了会场。于是，空荡荡的会场中光线变得异常刺眼。

"为什么？"工作组长问。

"什么为什么？"代理着大队长职务的索波反问。

"党和政府这样关心他们，他们为什么没有一点感激之情？"

索波叹了一口气："没有人想吃不是自己种出来的粮食。"

组长冷笑："问题是你们没有自己种够自己吃的粮食。"

索波说："我们种得出够自己吃的粮食。"

组长站起身来，合上笔记本，拍打着落在自己身上的尘土。灰尘把索波呛住了，他猛烈地咳起来。组长笑了："看看，我们机村的代理大队长让自己说的大话呛住了。"

索波把咳嗽憋了回去："不是我们种不出粮食，是泥石流毁掉了土地。要是不毁掉森林，泥石流就不会毁掉我们的土地。"这些话出口的时候，索波自己也感到吃惊了。因为平常村子里人们抱怨的话竟然从他口里冒出来了。机村不会有人相信他会说出跟大家一样的话。他索波从来说的都是和上面一致的话，而从来不愿跟村里人保持一样的想法。

"你说什么？你再说一遍，我没有听得太清楚。"

索波只是吃惊，但他并没有感到害怕。他说："如果换一个地方，我们还能种出很好的庄稼！"

"换一个地方？"

"就是迁移。"

"迁移？谁要迁移？你？"

"不是我，是我跟大家！"

"你说说清楚，大家是谁？"

这步步逼问显示出一种压迫人的力量，方法是熟悉的，但那力量并不因为熟悉这种方法而减轻，索波中气有些不足了："就是……机村。"

工作组长大笑："你是要我给机村全队开一张迁移证明？"

听了这句话，索波心里涌起一股绝望的情绪，他应该知道，这个时代已经不是一个人人都可以随意走动的时代了。

村里只要有人要走到公社管辖的范围之外去，就要在他那里交上一张申请，批准后，还要拿到公社审批，加盖上一个鲜红的印章。这张证明上还要注明出走的路线与回归的日期，如果证明的持有者逾越了路线或超出了归期，就是一种危险的行为了。人不是牛羊，随自己高兴就可以走到有水有草的地方。人要守各种各样的规矩，老的规矩和新的规矩。新规矩当中最最重要的一条，就是人不能随便走动。而他竟然脑子一热，想出来这么一个主意，要全村几百号老小像传说中那些人一样，离开旧的地方，走向新的地方。

索波听到自己在为自己辩解，而且还特别的理不直气不壮："那样，我们就不用坐等国家的救济了。"

就为这个，工作队接管了机村大队的领导工作，宣布代理大队长需要学习学习。索波去县城学习这天，人们都出来送行了。索波没有说话，人群默默地相跟着走在他后面。他们走出了村中的广场，走过了伐木场新建的那一大片房子，走过泥石流毁掉的土地上新建的储木场，那些堆积成山的杉木在太阳下散发出浓烈的松脂香气；人群又走过了许久没有磨过面粉的磨坊，水闸口，被拦住的水流溢向两边的分水口时，因为强劲的冲力撑开一个亮晶晶的扇面，就像是水晶做成的开屏孔雀。

索波站住了，跟在身后的人群也站住了。

他走到那水扇跟前，觉得脸有些发烫，脑子也在嗡嗡作响，伸手𢳂了些清凉的水在脸上，他感觉舒服多了，索性把整个脑袋伸到了飞溅而起的水沫中间，让一股清凉之气笼罩了自己。后来，机村人说，那一天索波第一次在乡亲们面前显出了可爱的样子。他像牲口一样打着喷嚏，他摇晃着脑袋，水花从头发里四散开去时，像是一匹刚从重轭上解下来，痛饮了山泉的牲口。

送行的人们看到这情景都露出了笑容。

索波回过身去，带着笑意，对送行的人群挥挥手，上路走了。

那些说这个时代不会有英雄出现带领众人走向生境的人，揉揉发花的眼睛，看着这个年轻人远去的背影，心上已经再度疑惑了：咦，难道他就是那个人吗？

那个人瘦高细长的背影在他们眼前摇晃着远去，那种摇晃里的确有种承担了某种使命，却还有些不堪重负而犹疑不决的样子。因此，那个背影也就多少暗含着一些悲情的色彩。英雄的传说中总是饱含着这样的悲情，就像带来雨水的云团中必然带有蜿蜒的闪电一样。

盯着索波的背影，一些觉得自己感悟到了点什么的人，眼中涌上了闪烁不定的泪水。

但是,他一去两个月竟然没有一点消息。

工作队在村子里领着大家苦干。干什么?农业学大寨。先治坡后治窝。泥石流不是毁坏良田吗?与天奋斗其乐无穷。那就拦住洪水猛兽,人定胜天!办法十分简单。在那些已经爆发过泥石流的沟壑上垒起一道厚厚的石墙。泥石流冲来的滚滚砾石正好作了修建石墙的材料。有人担心,石墙抵挡不住威力巨大的洪流,这样的人立即就会在大会小会上被"帮助"。这样的帮助并没有太大的效果。怀疑的论调依然在四下蔓延。直到一件事情的发生,才使人们紧紧地闭上了自己的嘴巴。

伐木场的一个工程师不请自来,拖着长长的卷尺把所有砌起的石墙都丈量了一遍。然后,他对着围拢来的人们露出讥讽的笑容。他摇着头说:"上面是什么?"

"山!"

机村的年轻人学着小学校里学生回答老师的腔调整齐地回答。

那个工程师脸上也露出了老师一样,觉者一样的笑容:"对,山,但是这些山没有了树木的遮蔽,还有什么?"

"泥巴!"

"石头！"

下面的回答踊跃，而又纷乱。

"是随时都可以来到山下的泥巴与石头。现在，这些东西没有下来，因为它们在等待雨水。雨水一来，它们就会一泻而下。"工程师伸手拍拍齐他胸高的石墙，脸上讥讽的神情更加鲜明了，"一道墙怎么可能挡住整座山？"

他慢慢摇动手里那个圆盘上的手柄，把长长的尺子一点点收进那个圆盘，把一群像被施了定身法一样的机村百姓扔在身后，扬长而去了。当这个人身影消失时，所有人都一脸茫然的神情坐在了地上。

机村人都长在山里，谁又不知道山的力量？在过去的宗教故事里，就常常出现这样的情形。大群的生灵被外来的魔力或内心的鬼魅所迷惑，所牵制，茫然劳作，徒然相爱或仇恨，不明目的地吃喝拉撒，直到云头上出现一个圣人，大声断喝，这些人才猛然醒悟，觉察到自己可笑的处境。

这一个晚上，整个机村都在议论这个人，整个机村都在热烈的议论之后陷入了深深的沉默。

但是，没有一个人知道别人心里是不是想了些什么。

达瑟用询问的眼光看着协拉琼巴。

协拉琼巴说："不要那样看着我。以祖先的名义发誓，没有人喜欢你这样的目光。"

达瑟笑了。他的笑容里有着胜利的意味:"你说什么?用祖先的名义起誓?"

这个时代,已经很久很久没有人用神啊祖先的名义起誓了。他们起誓的时候也不说起誓了。他们说保证,向毛主席保证。这是最流行的誓言。

协拉琼巴说:"我向毛主席保证,我没说什么。"

达瑟笑了。

协拉琼巴也跟着笑了起来。

两个人相与大笑。但是,笑过之后,沉默又降临到了两个人中间。这时,达瑟又说话了:"你真的看见了?"

"看见了什么?"

达瑟说:"你知道你自己看见了什么。"

"是的,我看见了。要是你去了,也许会看到更多。"

"那么,下次你们会带我去吗?"

"我不知道。也许索波才知道。"

那该死的沉默又降临了。它像一块巨大的石头横亘在两个人中间。他们看不见它,但知道这个东西就在那里,在两人之间,使两颗心的距离仿佛远隔了万水千山。协拉琼巴说:"伐木场那个人疯了。"

第二天，伐木场那个人又出现了。

这回，他被五花大绑，被伐木场全副武装的民兵押着站在一辆卡车顶上。卡车从伐木场开出来，停在机村的广场上好一阵子。人们都围了上来，工作组举手喊了几句打倒什么什么的口号，响应声却相当寥落。协拉琼巴也跑到广场上去了。卡车重新启动的时候，车上那个人奋力挣脱了压住他脑袋的手，抬起头来，目光对着下面的人群扫视一圈，白刷刷的脸上浮现出了惨淡的笑容。然后，卡车就开上了驶往县城的大路，带着这个破坏农业学大寨运动的反革命分子走了。人们四散开去，协拉琼巴还呆呆地站在原地。卓央上来推了他一把："嗨！"

协拉琼巴脸上又浮现出恍然的笑容，他说："他看见我了，他的眼睛在对我说话。"

卓央一脸正经："告诉你，在那里，你神神鬼鬼的没什么，但现在我们已经回到村子里来了！"

协拉琼巴说："这里和那里，难道有什么不一样吗？"

卓央说："那里，什么人都没有，有的就是过去的传说，像是做梦一样，但是，在这里，我们都该醒过来了！"

协拉琼巴觉得自己可能醒不过来了。卓央问："索波大哥为什么还不回来？"这个姑娘她并不要人回答她的问话，她只是因为思念而在自说自话："他们说他回不来了。"

九

索波觉得自己在学习班上过得不错。

他曾是一个内心躁动的家伙,但在这个基层干部的学习班上,一起学习的那些人一个个愁眉不展,他的心情却空前的平静。

班上都是跟不上形势发展的基层干部,据说,他们都有"革命到头"的思想,"都躺在了过去的功劳簿上,放松了学习,失去了继续革命的雄心与斗志",因此需要到这里来,在组织的帮助下自己对自己"展开无情的思想斗争"。这斗争是人人过关,被上面认为斗争通了,就打起被盖卷回到乡下继续革命。每天上午,大家都集中在一个会议室里学习文件,下午,是小组讨论,在县里干部的引导下开展批评与自我批评。这样还不起作用,就要接受一对一的帮扶教育了。

索波心情坦然，他主张机村来一次大迁移，正是为了带领机村人继续革命，但是，正因为他坚持认为自己没有错误，他才成了这个学习班冥顽不灵的典型。

领导恨铁不成钢，说："你曾经是一个多么意气风发的有为青年啊！"

第二天下午，他就被通知单独接受一对一的帮助教育了。

一对一只是一种说法，其实是三对一。三个人坐在桌子后面，他就那样默然地站着。窗外，强烈的日光落在水泥地上，泛起一片白花花的光。那些光暗淡了一些的时候，桌上那个嚓嚓作响的钟上的时针已经转了大半圈。

这时，桌子后面发话了："看来，你是准备顽抗到底了？"

索波当了多少年的基层干部，当然知道这个词的严重性，一旦用上这个词情况就真的严重了。果然，桌子后面又发话了："你这是在向党示威！知道吗？这样一来，矛盾的性质就要转化了。"

这之前，他们曾经用两个半天听一个人讲一本叫《矛盾论》的书。这其中的最最重要的意思，索波是听明白了。那就是天下的任何事情，任何人群里，都能分出好坏。这就是矛盾。更可怕的是，即便天下只有你一个人，你的内心里面也能产生出好与坏的对立，进步与落后的对立。进步与落后，是人民内部矛盾。好与坏,就是敌我矛盾了。所以,索波明白,他们的意思是,他再不有所表示,那就要从同志变成敌人了。学习班上有一个大队党支部书记,就因为这种矛盾的转化,半夜里在窗户上用腰带把自己吊死了。

他说:"我不是阶级敌人。我想干好工作。"

"没有无产阶级先进思想做指导,工作是想干好就可以干好的吗?"

在这一刻,从这些夸夸其谈的人身上,索波明白了自己在机村人眼里其实也是这样一种形象。唯一不同的是,他会干活,但这样不着边际的话,自己并不明白的夹缠不清的话,他这些年可没有少说。村里有老人说过他,说这年轻人是个能干的人,就是心里生出了一个爱说大话的恶魔。他母亲也相信这样的话,趁他睡着了,悄悄找了人来作法,要驱走寄生在儿子心中的恶魔。他白天干活很累,晚上睡着了,那些自己半懂不懂但听起来总是义正词严的话总在脑子里打架,弄得他在梦中也烦恼不已。这天,他好像听见一个声音说:"让心魔离开吧!"

他还呻吟着回应了:"他们太吵了,他们不肯离开。"

后来,他醒来了,看见屋子里烟雾腾腾,仿佛房子着火了一般,烟雾还散发着强烈刺激的柏枝香。他母亲正念念有词挥动着衣服往窗口的方向驱赶那些烟雾。他又闭上了眼睛，他从来没有问过母亲为何要请了人来燃着这些柏枝作法驱邪，他也从没有表示过自己发觉了这件事情。

现在这些空洞无物但又义正词严的话，同时从审判台一样的桌子后面那几张嘴里喷射出来，反倒产生了一种驱邪仪式也没有的效果。这些话写在报纸上、文件上，由高音喇叭放送出来，从早到晚，在这个两山夹峙之间的县城上空回荡。现在，他们口沫四溅，涨红了脸孔试图把他笼罩在那个巨大的谎言形成的罩子里。天空中滚过了隆隆的雷声，听到这雷声，索波开口了："这些话能让机村不被新的泥石流淹没吗？"

"毛主席说：'要奋斗就会有牺牲！'"

"饿着肚子的人宁愿为什么事情马上牺牲，却又没有机会去死。"

索波有点被自己的话吓住了。他下意识地做了一个缩回舌头的动作。因为对自己说出的话感到恐惧，他感到舌头上掠过一道清晰的痛楚。犯了口舌之罪的人会下到割舌地狱。他过去学着说这些人对他说的这些话，在机村人眼里是该下到这个地狱中去的——当然，如果真有这样一个地狱的话。而现在，他口中居然吐出了机村那些他一直与之斗争的落后分子口中才有的话。这在领导的眼中，也是该下割舌地狱的罪行了。

那么，自己要因为不同的立场而两次下到同一个地狱吗？他笨拙地替自己辩解："我是说，我不怕牺牲，但怕吃不饱饭。"

他的话使来帮助他的人脸上露出了吃惊的神情。他的害怕是在心里，这几个人的惊惧，却明明白白地摆在脸上。他们叫起来："反动，反动，太反动了！"

几声惊呼之后，那几个家伙从他面前消失了。

他们给这个房间上了锁，但敞开的窗户却忘了关上。索波并不想逃跑，他慢慢滑坐在地上，背靠着墙，闭上了眼睛。他心里有着淡淡的悲哀。与此同时，他感到平时总是悬着的心这时却稳稳地放下了。外面的天空慢慢黑下来了。高音喇叭里播出的高昂的歌曲和那些空洞的话依然在整个县城，在所有人的头顶上盘旋，然后被风吹散。半夜里，那些喇叭也休息了。索波感到了口渴。但他并没有想去找水喝，后来就睡着了。他梦见身下的水泥地裂开了。他就这么一直下坠，下坠，很久都没有落到一个具体的地方。刚开始下坠的时候，他是害怕的。但这么一直不到底，这么一直把人置于惊恐之中，使他终于愤怒了。

他大吼一声醒过来。

这时，天刚蒙蒙亮，县城里那些悬挂在高楼、大树、电线杆子上的喇叭又响了。早晨的峡谷里有强劲的风吹过，把高音喇叭里传出的声音撕扯得七零八落。他笑笑，又闭上了双眼。他感到时间的迁延是因为感到了饥饿。已经是中午时分了，仍然没有人出现。夜晚降临的时候，他又醒过来了一次，胃饿得有些痛。他觉得，这是把悬浮着的心放下来必须付出的一点代价。然后，他就不太记得时间了。

索波恍然听到一个熟悉的声音喊："喂，伙计！伙计，喂！"

他醒过来，露出迷糊不清的笑容。然后，他脸上的笑容僵住了："老魏？"

"我是老魏。"他的面前绽开了熟悉的笑容。

"你不是也犯错误了吧？"

老魏的声音就愤然了："我犯什么错了？搞生产就是不革命？搞团结就是不革命？"

索波对老魏说："我脑子刚刚清楚一点，你的话让我的脑子又要糊涂了。"

老魏叹口气："要是我把所有知道的东西都告诉你，你可怜的脑子就要更糊涂了！不说了，我请你喝酒。"

索波不走："那些干部没有回来，我不能走。"

老魏笑了,说:"看来,解铃还须系铃人,要让你彻底放下包袱,我让他们来请你。"说完,就背着手自顾自地走了。

索波又靠着墙懒懒坐下,这回,他没有闭上眼睛,他抬眼去看窗外,看到窗户外宽宽的屋檐,上面悬挂着些细细的蛛网,网上一些小小的虫子在微风中摆荡。屋檐外面,是一株高大的白杨,宽大肥厚的叶片闪烁着蜡光。这些密集簇拥的、在风中哗哗作响的叶片后面,是淡蓝的天空。

然后,那三个人又出现了。这些家伙,依然表情严肃,说:"魏副主任让你前去谈话!"

"你要向魏副主任好好地检讨你的错误!"

"站起来,跟我们走。"

他们出了院子,穿过了一个很大的操场,进了一座灰色的楼房。上了几折楼梯,又穿过一道光线昏暗的楼道,索波进到了一间敞亮的屋子。老魏响亮地笑着,从里面一间屋子里走出来,拉着他的手一阵猛烈地晃动。"索波同志,搞糊涂了吧。"不等索波反应过来,他又转身喊,"勤务员,上茶!去伙房搞点吃的!不,回来!先搞点饼干,再去伙房,我的老伙计肯定饿坏了!"

老魏按着索波的肩头,在沙发上坐下来。热腾腾的茶水来了,表面粘着砂糖、里面嵌着花生仁的饼干来了。老魏没有陪索波坐下来。他不断进到里间屋子里去跟人说话，屋子里没有人了，他又在电话里跟人大声说话。在这些间隙里，他会来到索波身边，用力地按按索波的肩头，说："吃吧，吃吧。"

完了，他又一头扎到里间屋子里去跟人或电话大声说话。老魏在机村大火后不久，也被关到一个什么地方学习去了，因为他犯了什么温情主义的错误。索波刚刚觉得自己的脑子清醒了，面对这种情形又有些糊涂。伙房送来了饭菜，甚至还有一瓶白酒。这座闹哄哄的楼也安静下来了，老魏终于坐在了他的面前。

老魏和他干了一杯酒，看他木然的样子，说："哈，看样子，机村人的犟脑袋还没有转过来吧。"

是的，索波那机村人的脑袋，就像是拖拉机上掉了滚珠的轴承，无法转动了。

老魏靠拢了身子："不要操心，不要操心，形势变化得我都有些招架不住了。知道吗？我从学习班里放出来，一下子就是县革命委员会的副主任了。知道这是多大的官吗？就是以前的县委副书记！还是常务的。"

索波猛吃了一阵，举着筷子呆呆地等他说出下文。

"你想知道为什么？其实你知道。林副主席从飞机上掉下来，摔死了，知道吗？"

"知道。"

"邓小平同志又出来工作了，知道吗？"

"开会说过。"

"我就是随着小平同志一起出来的。"老魏说这话时表情很严肃，很郑重其事，"现在要整顿，要搞生产，要改正过去那些乱弹琴的东西！"

要在过去，虽然并不真懂得上面传达的种种精神是什么意思，但只要是上面传达一种新的东西，索波一定会感到欢欣鼓舞。现在，他却意兴阑珊，没有一点兴趣了，倒是把摆在茶几上的东西塞满了嘴巴。老魏拿来两只小茶缸，倒上酒，本来要说上几句祝酒话的，索波却已经把酒倒进了嘴里。

兴头上的老魏有些恼火了："你不高兴？"

索波点头。

"他们乱弹琴，这不是已经把你放出来了，我不是正在纠正过去工作中的错误吗？"

"那你能把伐木场搬走，不让他们再砍机村的木头吗？"

老魏叹息一声："看来，你的思想真有问题了。整顿工作以后，很多停顿的建设工作开展起来，木头不是多了，是少了，怎么可能停下来？"

索波也叹息一声："那机村就完了。"

"什么话？机村怎么会完？"

"树还没有砍完，泥石流已经快把土地冲光了。机村人都开始饿肚子了。"

"人家说你造谣，说你在群众中煽动不满情绪我还不相信，现在看来并不是空穴来风啊！"老魏现在就不只是扫兴，而是生气了，"泥石流，泥石流，比起我们建设起来的新城镇，牺牲一个机村算什么？再说，国家发放了救济粮，我亲自批的，机村有人饿死了吗？"

索波在他的声声责问中头慢慢地低下去。老魏满意地长吐了一口气，咣一下把一大口酒倒进口中。这时，索波猛然一下抬起头来，已然是满眼的泪光："你们以为只要有点救济粮让我们不饿肚子，机村人就什么都不想干了吗？"

这句话真的就把老魏给噎住了。眼前这个固执的家伙的话有些道理，但他的确也太不给人面子，太让刚上任不久的领导下不来台了。老魏口风一转，已经柔中带刚："你这样的思想，这样的情绪，难怪人家不让你从学习班出来。"

索波差一点腾身站起来，但他终于没有站起来，血却阵阵上涌，口里低声说："那我就不出来。"

他这种有点惧怕的样子让老魏感到满意了："那就谈谈

你的想法嘛。"

"只有一个办法,迁移。"

"迁移?"

"机村过去也是迁移好多次才到现在这个地方的。现在,森林毁掉了,泥石流会冲光土地,那就让我们迁移吧。我一定带着大家把这个工作做好!"

老魏缓慢而坚定地摇晃着脑袋。

"那我不想当大队长了。"

老魏说:"看来,你也不适合当这个队长了。"

"那我带上村里的年轻人去那里开荒!"

老魏沉吟半响,说:"名不正言不顺,要叫青年突击队,农业学大寨这么久了,你连青年突击队这个名字都没有学会吗?"

索波腾一下站起身来:"那我就连夜回去了!"

"等等,你要去哪里开荒?"

"你听说过那个地方。"

"你们偷偷在歌里唱的那个地方?"

"我已经带人去勘查过了,机村有些人家确实是从那个地方迁移过来的。我愿意带人去那个地方。"

老魏沉吟半响,说:"我看你还是再学习一段时间。"

十

机村人传说：那天索波离开后，老魏独自喝酒，有些醉意了，说："妈的，你小子想把我拖下水，我才不上你的当呢。我好不容易解放出来，我还想好好工作呢。"

还是机村人的传说：那天老魏继续喝酒，终于把自己灌醉了，说："妈的，一直批他们那些歌是封建迷信，原来真还有这么档子事情啊！"

就没有人问一句，既然老魏是独自一人喝酒，谁又能听见他说了些什么呢？

没有人提出这个问题。

索波又在学习班待了一段时间。回到机村时已经秋天。磨坊里的石磨又转动起来。舅舅上磨坊守夜的时候，带着表姐，也带上了我。低矮阴暗的磨坊里沉重的石磨嗡嗡转动。

石磨每转动一圈,都有一些新麦粉从出面的槽口流泻出来。麦香仿佛心中暗暗的喜悦充满了低矮幽暗的空间。舅母一直有病,舅母没病以前,因为特别的吝啬并不招村里人喜欢。舅舅在舅母面前忍声吞气,而且,对所有人都特别和气,因此,又特别招村里人的喜欢。这回,舅母又病倒在床上了。所以,舅舅才能悄悄地把我也带到了磨坊。

我们闻了一阵麦面香,舅舅就一手带着一个,把我跟表姐推到了磨坊外晴朗的天空下面:"这么明亮的天空,我们就高高兴兴地待在它下面吧。"

十四岁的表姐在草地上坐下来,在下午的阳光下拿起针线,替家里人补缀衣衫,这些本是舅母的活计。表姐也长着舅舅一样的安静的长脸,而舅母常带着怒气与病色的脸却方方正正让人害怕。我拿起一根细长的草茎,从一丛草上接引了一只漂亮的虫子过来。我把虫子举到表姐的鼻子跟前。通常,像表姐这么大年纪的女孩,看到虫子就会一惊一乍地尖叫。但是,表姐只是停下了手中的针线,看了一会儿逼到眼前的虫子,用很老成的样子叹了口气:"弟弟,你也该懂事了。"

舅舅正在盆里和面,看着他稚气女儿那老成的样子,笑了,然后,叫我挖点野葱的根子。

秋天,百草正在枯萎,野葱却还带着点绿意,但叶与茎都很老了。我挖来了野葱的根子,表姐拉着我在磨坊白沫与凉气四溢的水槽下洗去了葱根上的泥土。

表姐说:"阿爸要给我们做一个好吃的新麦馍馍。"

黄昏的时候,馍馍做好了。一共两个。舅舅在馍里揉进了切碎的葱根、酥油和一点点的盐,还在火边烤着的时候,我的胃里就已经要伸出手来了。于是,我转头去看被夕阳烧得通红的晚霞。

喷香的馍馍做好了。舅舅给我们在磨坊门前的草地上铺开柔软的褥子,把面前的火堆替我们拢好,说:"吃吧,不是别人施舍的陈粮,是我们自己种出来的麦子,好好吃吧。"

然后,他就揣上了另一个馍馍往黄昏中正在亮起稀疏灯火的村子里去了。他说:"我去看一看他。"

我拿着馍馍就要往口里送,但表姐把我的手摁住了。这样,一直看着舅舅在小路上摇晃着的背影消失在我们的视线里,表姐才说:"饿死鬼,吃吧。"

我就狼吞虎咽地吃起来。葱香、油香和麦香在口里弥漫,同时充溢了黄昏中这个小小的世界,就像幸福温暖的感觉充满了心房。这个小小的世界,我和表姐安坐在中央。太阳落山了,夜晚稀薄的黑暗降临在四周,火光就爬到了我们脸上。

馍馍把我噎住了。

表姐拍打着我的背，抚揉我的胸口，好一阵子我才缓过劲来。这时，我才发现，表姐只是尝了很少的一点。表姐说："你吃吧，我这一份给阿爸留下。"

我为自己面对好吃的东西无法自制而羞愧难当。

表姐笑了，四周没有一个人，但她还是俯过身来，在我耳边说："知道吗？阿爸是看望索波哥哥去了。"

表姐还说："为了我们大家，他犯错误了。大人们都说，他变了，是一个好人了。"

舅舅回来后，好一阵子，坐在火堆边上，点着一袋又一袋的烟为了索波长吁短叹。表姐劝舅舅高兴一点。舅舅收起烟袋，说："你们小孩子不懂得，这么复杂的世道人心，你们小孩子怎么懂得？"

我说："我不懂，但是表姐懂。"

舅舅就笑了，用怜爱无比的眼光看一眼女儿，眼里那些忧虑的神情就一扫而光了。他的眼睛就像晴朗夜空一样，那么多的星星在悄然絮语一样闪闪发光。表姐也高兴了，她猛然抱住了我的脑袋，在我脸上狠狠亲了一口，她的嘴里咻咻地喷吐着热气："你让阿爸高兴了，奖励你一下！"

这时，舅舅已经在火堆边为我们铺好了床，让我跟表姐脚冲着火，脸朝着星空并排着躺下。

过去，我在被子下面碰触到表姐的身体时，她会咯咯地笑个不停。但现在，她刻意和我保持着距离，我也不敢轻举妄动了。舅舅说："你们都在长大，今晚以后，我不会再让你们睡在一起了。"

我们又静默了一阵，心里突然生出一种很哀婉的情绪。我没有作声，表姐突然一下伸出手来，把我揽到了她的身边。她的头发，搔着了我的颈子与耳根，那种痒痒的感觉让我忍不住笑了起来。表姐对舅舅说："我长大了，但是弟弟还没有长大。"

表姐又说："我也要参加青年突击队，到觉尔郎去开荒！"

舅舅没有说话，他坐在夜空下面，瘦长的身子高耸在我们脑袋的上方。他又点燃一袋烟，陷入了沉思中，烟火在烟袋锅儿里明明灭灭，和天上闪烁的星星混在一起。后来，当我成人，当我每每听到一个严肃的字眼：思想，眼前就会出现星星的光芒。

而在四周的草木之上，夜露已经下来了。

半夜里，舅舅把睡梦中的我和表姐摇醒，他让表姐背上新磨的麦面，离开了磨坊。磨坊门前，新去磨面的人家挂起了一盏明亮的灯。舅舅回过头去，久久望着那团耀眼的灯光，说:"好久都没有吃这么新鲜的麦子了,让每家人都先尝上一点吧。"

这句话里,暗含了机村人的一点抱怨。那就是国家发放的救济粮都是在仓库里放了好多年的粮食,吃起来与新鲜的粮食比起来,口味上自然差了很多。所有人肯定都愿意吃新鲜的粮食,愿意吃自己亲手种出来的新鲜粮食。更让机村人委屈的是,不是自己种不出来粮食,而是没有土地来亲手收获自己种出的麦子。

机村人因为贡献出森林而失去了土地,因为泥石流毁掉了土地,种不出果腹的粮食而感到屈辱与愤怒。

这种愤怒很快就转移到了伐木场工人的身上。机村的农民和伐木工人之间——也有人一定要把这说成是汉人和藏民之间——大大小小的冲突越来越多了。

十一

索波回来才几天,就遇上了这样严重的冲突。

那些天里,磨坊里一刻不停地磨着新麦面粉,人们心中都暗含着喜悦。孩子们整天都在流经磨坊的溪流上下玩耍,因为在那里,人人都能感染到一种喜悦的气氛。村子里已经好久没有像这样,有喜悦的气氛在天朗气清的日子四处荡漾了。

那是伐木场的星期天。为什么要说是伐木场的星期天呢?因为每星期七天中有一天的假日,农民并不能享受,享受这天假期的是砍树的工人。工人是比农民高一等的人,所以,他们每七天就有一个不用做工的星期天。他们每七天就有一个可以去到镇上下饭馆喝酒的星期天。他们每七天就有一个可以把脏衣服在河边洗得干干净净的星期天。他们每七天就有一个可以上山打猎或下河钓鱼的星期天。为什么要有一个星期天呢？伐木场那个被抓走的工程师讲过一个故事。他说，有一个叫上帝的人创造天地万物，创造形形色色的人。到了第七天，现在世界上所有的一切都造好了，他就规定，这一天他就休息了，他还规定，这一天大家都要休息一天。

"上帝为什么叫伐木工人休息，但不叫机村人休息？"

这个看似天真的问题把好心的工程师难住了。他因此有些难过，最后，他对我们这些爱听稀奇故事的孩子们说："村子里不是有学校吗？你们要好好念书。念好书的人以后就有星期天了。"

我们拿这个问题去问在树屋上放了很多书的达瑟。达瑟看着我们，脸上没有一点表情，不肯说话。

我们逼问得急了，他说："我们不是上帝创造的！我们是猴子变过来的！"

那个星期天，我们一群孩子从磨坊顺着溪流而下，采摘经霜风变软变甜的野刺梨，遇到了两个在溪流上垂钓的伐木工人。

他们把肥硕的蚯蚓穿上鱼钩，抛到水里，不多一会儿，就有肥硕的裸鲤频频上钩了。大人们总是告诫我们要远离这些钓鱼人。这些钓者被看成冷血而残酷的人。鱼族生活在水中，当地人从来没想过要把这柔软而哑默的一族当成猎取的对象。老人们说，流落红军驼子刚到机村不久，曾下河捕鱼烤食，结果被同情他的机村人当成妖魔驱逐。只因他一直在村外徘徊哀求，人们心生怜悯才让他又回到了机村。

现在却没有一个人敢于把一个食鱼者驱离机村了。

这不，那个戴顶宽大草帽的钓鱼人，一使劲，把一尾鱼从水中拖了出来，他一甩手中的竿子，鱼在空中飞过，然后，啪哒一声掉在了河边的草地上。鱼落在地上，不断地翕合着冒着血沫的大嘴巴。看着那鱼，不只是我，整个这群机村的野孩子都感到脊梁发麻，都发出了恐惧的叫声。

我们刚到的时候，那个人还对着我们微笑不已，听见我们的叫声，正蹲在地上从鱼嘴里扯出鱼钩的他脸色一下就变了："滚，滚！把鱼给老子吓跑了！"

本来，不用他驱赶，我们自己也要逃跑了。但他这一说，我们的胆子里就生出些别的东西了。大家都站直了身子。不要说我们是群孩子就什么都没有想过。我们想，这么残忍地对付柔软而无声的东西的人，肯定是一种妖魔。我们还想起大人们私下里常常说的话，就是这些人——这些不知畏天敬地的家伙毁掉了机村的森林，毁掉了我们肥沃的土地。于是，一颗一颗的石头被我们投到河里。坏事情总是这样，一旦开始就很难收场了。一颗颗的石头在水里溅起一朵朵水花，水底下胆怯而灵活的鱼早就逃得无影无踪了。我们的心里也绽开了快意的花朵。面对我们这群脏兮兮的野孩子，那个家伙眼里露出了胆怯的神情。

他都准备离开了。他收起鱼竿，从水里拎出用柳条串着的十多条鱼来。柳条从鱼鳃穿进去，从嘴里拉出来，那十多条鱼一被提出水面，我们嘴里又发出了惊惧的叫喊，一齐跑开了。那人又笑起来，而且，笑容里有了一种很具威胁性的含意。他说："妈的，你们这些野人，连鱼都害怕！"

我们不害怕鱼，我们害怕如此冷酷对待柔弱无声的生命的人！

他也看出了这一点，他提着手里流着稀薄血水的鱼来追赶我们。这情景确实太恐怖了。猴子一样善于奔跑跳跃的山里的野孩子，都因为这莫名的恐惧而一个个跌倒了。这个人哈哈大笑。突然有两个孩子一猫腰从地上爬起来，狗一样嗥叫着向他扑去，把这个人给扑到水里去了。

看上去浅浅的溪水竟然把这个家伙冲出去好长一段。

我们又一次感到了害怕，但是，看到这个人终于从水里爬出来，脸上还挂上了淋漓的血迹时，我们都松了一口气，欢呼着跑上了山坡。

我们不知道,很快,伐木场就集合起一帮人,来村里捉拿我们这帮为非作歹的野孩子了。

闯下祸事的我们不在村里,我们在山坡上追猎野兔。

前面说过了,上帝造的人有星期天,而猴子变来的人没有星期天。青壮年们正在山坡上修筑阻挡泥石流的石墙。

这些闯进村里来的家伙认为,一定是那些在家门口晒太阳打发余生的老人把我们这些野孩子藏了起来。老人们自然无法把我们交给这些感觉到受到了严重冒犯的愤怒的家伙。于是,他们的怒火升级了。他们认为这是一个事先谋划的阴谋,是对工人阶级崇高地位的蓄意挑战。

他们因此带走了两个老人。

消息传到工地上,人们心里正窝着火呢。一者,明知道这些石墙无法挡住滚滚洪流,还要徒费精力去修筑;二者,要是那些人不来砍伐树木,机村怎么会落到如此地步?愤怒的人们呼啸而去。一大群人跑过收割过后的土地,在身后留下大片弥漫的尘土。

等我们也在身后掀起一片尘土,跑到伐木场的时候,一场混战已经接近尾声了。面对有组织且数量占优的工人阶级,机村的乌合之众已经受伤甚多,成溃散之势了。问题是,在这时候,要想成功逃离也不容易了。伐木场有上千人众,百分之九十都是身强力壮的男人。他们一拥而上,几个人对付一个,村民不是头破血流,就是乖乖就范,束手就擒。

那些家里没有我们这样野孩子的人家不干了,他们要求交出我们来平息事端。

惹下祸事的孩子们都吓得哭了起来。

一直在阻止这场冲突发生的索波挺身而出了。他说:"我是机村的大队长,不要抓不懂事的娃娃,要抓,就把我抓起来吧!"

穿蓝工装的家伙们立即一拥而上,利利索索地把他绑了。有棍子重重地落在他身上。他摇晃几下身子,终于还是慢慢倒下了。刚才呼啸而来的男人们没有了一点声音,退回了村子里,女人们的哭声响成了一片。

这个凄凉的夜晚,我们这几个惹下祸事的孩子,都被拖回家,受了一顿饱打。

当夜,伐木场的人开上汽车,机村人开上手扶拖拉机上县里告状去了。

第二天,几辆吉普车开进了村中的广场。一群公安和几个穿着军大衣的领导从车里钻出来,很久不见的老魏也在这些领导中间。有个领导发表了讲话,讲的是工农联盟,藏汉一家。然后,索波被伐木场的工人带过来了。老魏亲自解开了他身上的绳索。鼻青脸肿的他摇晃几下身子，昏了过去。

处理的结果，让机村人感到自己取得了胜利。公安把那个钓鱼的家伙抓起来，塞进了吉普车里。领导们要的就是这个结果，他们开着吉普车离开了。如今已经是县里头头的老魏多留了一些时候，他一直等到索波清醒过来。

他说："我有些话要跟他商量。"

老魏走后，大家问索波，老魏对他说了些什么。索波并不回答。对他当大队长，机村人是并不认同的，经过了这件事，大家都争着称呼他的官衔了。他笑笑，说："我以前对不住大家，可是，大家再这么叫我，就是乡亲们对不住我了。"

可一个称呼一叫起来，要收口却不容易了。索波干脆说："告诉你们吧，我不是大队长了，我犯了错误，我不是大队长了！"

机村人看他不像是在说假话，于是又心生忧虑了："没有大队长，我们该怎么办啊？"

索波笑了，但他什么都不说。说他什么都不说也不对，他对卓央说："妈的，人都是贱骨头，没有人管着还不舒服了！"

他对达瑟说的更有意思："看看那些羊吧，有头羊带着时总想四处乱走，没有头羊了，又可怜巴巴地叫唤，看着脚下的路都不敢迈出步子了。"

你猜猜达瑟这个傻瓜是怎么说的？他说："你不要假装说书上那种有哲理的话。"

索波说："什么叫哲理？"

"所以我叫你不要随便说有哲理的话。"

"好吧，算你有道理。妈的，好像机村随便哪个人都比我有道理，我真成了机村的罪人了。"

达瑟似笑非笑地看着他，没有说话。这个人，跟书本有关的时候，他会说些似是而非的话，但是，任何话题只要不跟书本发生关系，他就无话可说了。

索波换了话题："我带你去一个地方，你敢不敢去？"

他还是笑而不答。

"你听过唱觉尔郎峡谷的古歌，那些传说你在书上看到过吗？"

"我记了一些在本子上……"

"那有屁用。"

达瑟挺直了身子，一脸庄重："那就是以后的书。"

索波表现出来了前所未有的耐心，与达瑟争论两个问题：第一，达瑟写在本子上的字算不算书；第二，达瑟有没有写一本书的权利。因为在这个时代，没有印刷的书都是叫手抄本，而手抄本往往就是反动与阴谋的代名词。说到最后，索波自己都害怕了："达瑟你不能再写了，再写你就是反革命了！"

达瑟并不害怕，他说："再去觉尔郎，就带上我吧。"

"我需要干活的人，而不是看书并且发呆的家伙。"索波还说，"不过，那里的树真大，建一个书屋的话肯定更加漂亮。"

"当然了，古歌里说，在那个辉煌的时代，护佑那个王国的神灵们都住在树上。那些神灵，他们从来脚不沾地，就从一棵树上飘到另一棵树上。"

"你再这么说，我可真不敢要你了。"

"好，好，我就说神灵们都住在牛圈里行了吧。"

这时，骆木匠来了，提醒索波大队长要抓一抓当前的主要工作。索波笑了："你是说怎么修那石墙吧？"

"对。"

索波问达瑟："你说修那石墙能挡住泥石流吗？"

达瑟的回答很简单："我的书上没有写过。"

索波这才转脸对骆木匠说："还是等老魏回来安排吧，他会回来把一切都安排好的。"

骆木匠着急了："人家是县里的领导了……"

"你跟驼子支书是什么亲戚吧？"

骆木匠反问:"这有什么关系?我来到这里把他抬出来过吗?"

"没有,没有。"索波招招手,骆木匠就把头凑近了,听索波贴着他耳朵说了句什么,然后,他就失声叫起来:"真的,怎么我一点都不知道?!"

索波把指头竖在嘴边,说:"这事,暂时就你我两个人知道。"

"那你怎么办?"

"你就带着人修那些石墙,我要去那个地方。"

"我不干,谁都知道,明年山洪一来,那些石墙……嘿!到时候上下都不讨好,我不干!"

索波眼里出现了一种冷冰冰的讥诮的神情:"伙计,到时候你会干的。"

"你怎么知道?你是巫师,能掐会算?"

"你就像早几年的我。要是早几年,我什么都会干!"

"你以为我也跟你一样是他妈个笨蛋?"

"我不是笨蛋,你也不是,所以,你会去干!"索波的口气斩钉截铁,同时有种曾经沧海的悲凉意味了。

十二

没过几天,老魏确实又坐着吉普车在机村出现了。

老魏一到,人们都自动聚集在了广场上。如今,上面的干部下来,能躲起来的人都会躲起来。但老魏毕竟是老魏,他是机村人的老朋友,是机村人眼中的好干部。何况,老魏时来运转,当上大官了。

老魏就说:"好啊,乡亲们,既然大家都来了,我就讲几句,免得再找时间开会耽误农业学大寨,还是干活要紧啊!用两片嘴皮种不出粮食来,更不能战胜自然灾害,我就抓紧时间说几句?"老魏停顿了片刻,眼光环视广场半周。

下面响起了掌声。

"我晓得大家有情绪,所以,掌声都不如老魏我过去来村里的时候了。"

掌声就热烈地响起来了。

老魏这才满意了，看着一干围着他的生产队干部："国家建设需要砍伐森林，机村有那么多森林贡献给国家，这是大家的光荣啊。现在遇到小小的自然灾害，大家都想不通了。索波同志到现在也没有想通嘛！听说好多人对战胜自然灾害没有信心了，毛主席说，人定胜天。就是人一定能战胜老天爷！但是，有些人不这样想，社会主义建设刚刚开了个头，大好的日子还在后头，但他们的革命斗志就松懈了。山上涨了一点水，冲下来一点泥巴和石头，自己就吓坏了。我还听到更不好的消息呢，有人因此想要搬迁了。把机村人全部搬走。理由呢，是机村过去也不在这个地方，也是从别的地方搬来的。但是，我要提醒大家，那是旧社会。那不叫迁移，那叫作什么？那叫作逃难，因为那是黑暗的旧社会！那也叫逃跑主义，这是毛主席说的，因为害怕困难。索波同志在学习班的时候，我就跟他谈过这个问题了。我说得对不对，索波同志？现在你也该想通了？"老魏讲到这里，停顿了一阵，他的问题是对索波提出来的，但他并不去看索波，而是用炯炯有神的眼睛把面前的人群扫视了一遍。

站在他身边的索波没有说话。

"我看，他已经想通了。他还提出了一个非常好的建议，让县里安排你们的老支书、我们的老红军战士回来继续领导大家！"

与会所有的人都把眼光投射在了索波的身上。嘲讽的眼光，惊诧不解的眼光，还有一些带着怜悯的眼光。

过去，索波是不害怕这些眼光的。但现在，他觉得这些眼光像是梦魇时覆盖下来的那种沉重而又不具形体的东西，让他一时间都喘不上气来了。于是，他说："老魏，你讲啊！不要让他们这样看着我。"

"索波同志的好建议还不止这一条，他还提出让老支书带领大家在机村与自然灾害斗争，他自己担任青年突击队队长的职务，带领一队年轻人，到觉尔郎去开垦荒地，为国家多打粮食！"

老魏号召大家向索波学习，并要索波也讲几句感想，但索波摇手不讲。老魏说："那我就再讲几句。"

他这几句可是好大一篇话。

机村人说："老魏以前不多话的，现在也这么能说了。"

"索波这小子，整天想的就是邀功请赏，现在怎么了？明白过来了，还是糊涂了？"

这样的问题，连索波自己都还不够明白。老魏临走时还宣布，在老支书没有回来之前，生产队的一切事情，还是索波临时负责。老魏坐进吉普车,车屁股后面扬起一阵尘土,等尘土散尽时,吉普车消失不见了。

人们还是站在广场上没有散去,他们都以为索波会说点什么,但索波什么也不说,看上去有些神色恍惚。

于是,就有人喊了:"索波你讲几句吧。"

索波说:"那么,就从修墙的工地上抽几个有泥水匠、木匠手艺的人,把驼子支书的房子修整一下吧。"

驼子一家离开已经好些年了,那座大房子早就显出了倾颓之势。墙头,甚至有些窗户上长出了茂盛的瓦松与苔藓。没有人想到,就在老魏在村子里讲话时,驼子一家已经乘着县上从伐木场借来的一辆卡车,在回机村的路上了。

但他没有在白天进村。

在望得见机村的山弯上,他让卡车停下了。

司机看着他,他一言不发。他的家人看着他,他也一言不发。他坐在驾驶室里一动不动,向晚的夕阳晃着他的双眼,机村就在夕阳投下的钢青色的光幕后面,使他心情复杂。当太阳落下山岗,在黄昏降临之前,曾经森林茂盛的山坡伤痕累累裸露在眼前,围绕着村子的成片的土地,已经被纵横的沟壑弄得破碎不堪了。这一天,他只说了两句话。一句话是黄昏降临前说的:"我开下的地已经被洪水冲光了。"

然后，夜降临了。硕大的星星一颗颗跳上了深蓝的天幕，他又说了一句："以前的星光是水淋淋的，现在都干巴了。"他叹了一口气，然后说："我们可以回去了。"

第二天的太阳升起来，照亮了新的一天，索波安排来修缮这所老房子的人们来到时，才惊讶地发现，驼子正站在门口，像以前一样吃力地挪动着身子，正在修理朽腐的大门。听见脚步声，驼子直起腰来，像从来没有离开过一样，笑着问候："今天天气很好啊。"

木匠边巴摊开手，说："天气早就不好了，我们连喂饱自己的粮食都种不出来了。"

驼子的女人闻声来到门口，看见多年不见的乡亲，这个女人眼泪立即就下来了。她撩起围裙捂住了眼睛，哭出声来："驼子当年开的地，一点都没有了呀！"

消息闪电一样传遍了全村，当所有人都聚集在驼子支书门前，索波已经带着几个人，走在去觉尔郎的路上了。他们一行还是四个人，只是骆木匠换成了达瑟。秋天的阳光通透明亮。回望山口下面的村庄，人们正在奔向驼子支书的家。

索波知道，老魏讲话的时候，驼子支书已经在回来的路上了。驼子支书回来是县里的安排，而不是他索波的建议。老魏说是他的建议，说明老魏是个好人，愿意顾及他的面子。

他想不出怎么迎接驼子支书的归来，于是，连夜叫上这几个人，天不亮就已经走出村子了。现在，他坐下来，回望村庄。佑庇人们许多许多年的群山变成了狰狞怪兽。一道道泥石流在山坡上冲出的巨大沟壑，利爪一样从四周逼近安静的村庄。只等某个时间一到，那些沟壑在村子所在的地方交汇起来。那时，这个村子也就消失了。

看到这种情形，索波笑了。

卓央说："你那样笑，我不喜欢。"

达瑟说："他觉得自己是个英雄。"

协拉琼巴一到这种情境中就有些神情恍惚："一个人不能自己觉得自己是英雄。英雄都是后来的人唱出来的。"

索波说："肯定有很多人会说我带了几个机村最没用的家伙，但我看你们都很聪明。"他看着山口下面正面临着灭顶之灾的村庄，真的觉得自己可能就是能够拯救机村的英雄。要真是这样的话，卓央、协拉琼巴和达瑟也都不是寻常人物了。不然，卓央怎么懂得治病？协拉琼巴怎么会唱那么多被禁止的古歌？达瑟怎么会个当自己想当都当不上的国家干部，守着一些深奥的书本，把自己扮成一个先知的模样？

他脸上又出现了那种孤高而又固执的表情。这种表情使他的眼神看上去有些凶狠。

在他心中，刚听说驼子要回到机村时那种茫然、失落的情绪消失了。他说："你们谁能看到那道拦阻泥石流的石墙？"

的确，从这么高的山口看下去，就有了一种超越时间的视角，好像已经看到了一个故事的结局——村庄的毁灭。他起身上路了，并且回过身来叫大家一起上路。他的口气中又带上了他那该死的自以为是的口吻。人家刚刚忘记他那该死的强加于人的口吻，但这种该死的东西又在他身上复活了。

他也觉得自己强横的口气让这几个傻瓜心生不快了，于是，他放缓了口气说："走吧，伙计们，让驼子领着他们修那没有用的石墙吧，我们去干更有用的事情！"

达瑟走到索波刚才站过的地方去看山下的村庄，他说："一模一样啊！"

"什么一模一样？"

"你看到的跟我们看到的一模一样，但你却摆出一副看见了不一样东西的样子。"

不用索波开口，卓央已经开口了："要是人人看见的东西都跟你看见的一模一样，那这个世界早就疯掉了！"

达瑟笑了："姑娘，你说得对。队长你摸摸自己的额头吧，想想是什么东西让你发起烧来了。"

协拉琼巴突然放声大笑。

索波一拍他的肩膀,他就把后半段笑声吞回肚子里去了。索波站住了,回头说:"我们这次的任务,就是在山崖上搞出一条可以下到山谷的道路来!"

"路?我们不是下去过了吗?"

"你再说那种神神鬼鬼的东西,那就请你向后转!"

的确,前一次,他们是怎么就从悬崖上下到谷底去,又怎么从深谷中出来的,至今想起来,脑子里还是恍恍惚惚。协拉琼巴当然说,是他们王族祖先之灵护佑的结果。索波不愿意顺着这条思路去想这个问题。在这个所有神祇都从记忆中删除的时代,这样的思想方法比从无所依凭的悬崖下到深谷还要危险。

他们在黄昏时分赶到了壁立在觉尔郎深谷的悬崖上。生起火堆,烧开的茶水顶得壶盖噗噗跳荡时,星星跳上了天幕。卓央为大家煮了一锅用野葱作佐料的肉汤。他们在火堆边铺开毛毯准备睡觉时,协拉琼巴去到了悬崖边上。他站在那里,对着下面的峡谷曼声歌唱。过去,他的歌唱里只有怀想,但现在,他的歌唱里有了新的内容:恳请与祈求。他喊起来:"祖先啊,你们成了伟大的神灵住在天上,要是没有奇迹发生,你们的子孙就无处可去了!"

他们好像听见了悬崖,或者说悬崖下面,起了回应的声音。

达瑟跑过去了。卓央也心生好奇，但叫索波拦下了。

过了一会儿，被山风吹得瑟缩起身子的达瑟回来了。

"你看见什么了？"

"我看见了那个峡谷。"

"屁话，你不看见峡谷也在那里。我是问你看见什么古怪的东西了吗？"

"我想看见，但他们肯定不想让我们看见。"

索波骂了声什么，用毯子把身子裹紧，翻身睡了。

他们是十多天后回到村子里的。

回到村子里那一天，驼子在村口就把他们迎住了。好多年不见，老支书还是那种有点病痛就哼哼唧唧的样子，他抓住索波的手说："对不住你了，这一身病痛不肯收了我的老命，让我来挡年轻人的路了。"

索波站在路中间，觉得有什么话哽在喉头上，却终于没有说出来。

驼子支书爽快地拍拍手，说："好吧，你真的想要组织青年突击队去那个地方？好多人都想报名啊！但你要把稳住啊。"

听这话的意思，他并不想索波把太多的年轻人带去那么远的地方。

索波说:"老魏支持我们。"

驼子拍拍索波的肩膀:"老魏,老魏,老魏也是犯过错误的啊。"

索波的犟脾气起来了:"老魏怕犯错误,我不怕。"

驼子又拍拍他的肩膀:"看来你真的认为机村没有救了。我们的农业学大寨运动挡不住泥石流?"

话说到这里,索波突然觉得一种前所未有的困倦压住了他的舌头,使他没话可说了。两个胼手胝足的农夫,站在太阳底下,嘴里吐出诸如"运动""错误"和"突击队"这样一些庞大空洞的词汇,真是一件非常古怪的事情。农人的词汇是"种子",是"天气",是"收成",是"天灾"或"人祸"。那些空洞的词,自己并不真正懂得意义的词所造成的压力使索波感到力不从心,感到困倦万分。他想再说点什么,但连舌头都发麻发木,于是,他只是懒懒的挥了挥手。

一个小村庄新旧领导的会面,就这样出乎意料地结束了,使好事者大失所望。

索波拖着沉重脚步往家走。他想起来,在觉尔郎峡谷的边缘,他还是在用这样一些让人头大的词对人说话。终于,沉默不语的达瑟说话了:"队长,为什么你们喜欢用这样的腔调说话。"

达瑟步步紧逼:"你真的懂得那些词语的意思吗?'主义'是什么?'先进'是什么?'革命'是什么?你懂得吗?"

就是从那一刻开始,他就知道这些年来身心俱疲的根源了。

"你也用了很多词,你也懂得吗?"

达瑟露出了骄傲的笑容:"我没有用你们那些词。而且,我一直在思考。"

回去,索波就倒在了火塘边的地板上,那种深刻的倦怠真的把他压垮了。他母亲心疼地流着泪,却又显得很高兴:"老天爷开眼,让我儿子善心发动了。"老太太弄来皮褥子垫在他身上,又弄来了软软和和的枕头塞在他的脑袋下面,老太太用她干燥的双唇碰触着儿子蓝色脉管突突跳动的额角。"你就好好躺着吧,我给你弄好吃的东西,让你的身子和心都缓和过来。"

老太太在一只小锅里煎油,在滚油里倒进剁成碎块的新鲜牛肉,锅里的油扑溅开来,蹿起了蓝幽幽的火苗,老太太把一瓢汤倒进了锅里。不久,沸腾的浓酽肉汁就顶得锅盖噗噗作响了,香气在屋子里弥漫开来。

索波的眼角沁出了泪水。

老太太假装没有看见。老太太说:"肉汤还要一阵才好,你就放心睡吧。就是世界塌下来了,石头啊木头啊都会落在大家身上,而不是你一个人身上。就是泥石流下来了,我们家的房子也是最后一个被冲倒的。"这天下午,老太太坐在火塘边对着儿子絮絮叨叨。他们在机村是没有根底的人家。在这个倚着向阳缓坡而建成的村庄里,他家的房子处在村子的底部,泥石流最先威胁的,都是那些上风上水处的人家。

索波喝了滋补肉汤,又倒在临时的地铺上,他闭上眼睛,说:"泥石流是驼子的事,我管到觉尔郎开荒。"

老太太说:"那也不是你该管的地方。机村有那么多户人,祖先是从那里逃出来的。现在,要回去,那也是他们的地盘。"

母亲翻的是过去的老账,现在是新社会了,什么样的账都有了新的算法。但他不想反驳母亲,再说,关于新的算法,他也并不真的懂得。肉汤弄得他的胃、他的整个身体暖洋洋的,他很快就睡过去了。早上,他从酣睡中醒来了一次。但他母亲轻声说:"睡吧,睡吧,你才睡了一小会儿,天都还没黑呢。"

他又睡过去了。

老太太坐在儿子身边,又流了一小会儿泪水,用毯子遮了窗户，带着缝缝补补的手工活，坐在院子门口。号令上山砌那道石墙的钟声敲响了。人们扛着工具从家门口路过，老太太举起拐杖，露出威胁的表情，要他们小声说话，要他们走路时放慢脚步。老太太说："小声，小声，我儿子累了，让他好好睡觉。"

村子里终于安静下来了，太阳照在老太太身上，她坐在门槛上，出一会儿神，缝补一会儿衣裳。

一只狗跑来了，她挥舞着拐杖把狗赶开。

几只乌鸦飞来了，落在树上大声聒噪。她再次挥舞拐杖，压着嗓门叫道："你们走开！让我儿子好好睡觉！"乌鸦又呱呱地叫了几声，听话地飞走了。老太太脸上露出了迷惘而又满足的笑容。

远远地，一个人拖着一条懒洋洋的影子踱过来了。老太太不太认识村里的年轻人，不知道他就是怪人达瑟。这个人一点声音都没有发出来，就已经站在了她的跟前，所以，她没有驱赶他，而是拍拍门槛示意他坐下。

达瑟说："我来找索波。"

"你们要找的不是我儿子，你要找的是寄居在我儿子身体里的怪人。那个人已经离开了，年轻人你上别处去找吧。"

达瑟笑了，说："我是达瑟。"

老太太警惕地看着达瑟:"那个和书住在树上的?"

"书天天住在树上,我并不天天陪着它们。"

他这句话说得很聪明,老太太哧哧地笑了起来。这笑声让他觉得这老太太身体里也寄居着一个好玩的怪人。老太太很快收住了笑声,说:"你那些书上说过一个怪人怎么钻进另一个人的身体吗?"

达瑟提高了一点嗓门,在老太太耳边说:"不是钻进别人的身体,是传播思想!"

老太太用手遮住了耳朵:"我耳朵好着呢,可是你刚才说什么?"

"传播思想!"这四个字还没有完全吐出口中,达瑟已经后悔了。这几个字他是用汉字讲的,因为当地藏语中,并没有这样抽象的词汇。

这下轮到老太太提高了嗓门:"什么?"其实她听清楚了,但她嘴里无法发出自己并不懂得意义的陌生音节,也就跟没有听见是一样的。

"我的脑子也被一个陌生人占住了。"达瑟说完就懊恼地起身离开了。

卓央来了。

老太太把拐杖横在院门上,不让她走进院子。她想对老太太说,不能把一个有为青年关在屋子里。但老太太先说话了:"姑娘,你是喜欢索波本人,还是附体在他身上的怪人?"卓央听不懂老太太的疯话,叹口气离开了。

这时,传来了隆隆的雷声。这是一件奇事,深秋时节,与狂暴的夏天不同,雨水并不要震天的霹雳与夺目的闪电作为前驱,只要阴云聚集起来,冷风一起,冰凉的雨水就淅沥而下了。但这天雷声大作时整个天顶却蓝汪汪的,只在东边天际有些颜色并不那么晦暗的云团。雷声就这么时大时小、时断时续地响了好一阵子。直到中午,人们吃饭的时候,乌云一下就布满了天空。老太太上楼给沉睡的儿子煨好了肉汤,但他没有醒来。老太太并不担心什么。屋子里光线黯淡,她把挂在窗户上的毯子取下来,天光照在儿子脸上。他的脸容平静安详,额上的抬头纹舒展开来,紧绷绷的皮肤有了润泽的光芒。

老太太自己吃了一点东西,再次下楼守在院门口时,已经是乌云压顶,漫天翻卷了。老太太仰起脸,冰凉的雨点重重地击打下来,落在地上,溅起了细细的尘埃。尘埃一落到地上,就再也不能乘风轻扬了,它们刚刚升起一点,就被更多更猛的雨水砸回地面,化为糊涂的泥浆。雷声在乌云上面隆隆滚过,老太太冲回楼上,想用毯子堵住窗户,不让雷声惊扰了儿子的睡眠。但是索波已经醒来了。他沉着脸站在窗口。看到母亲,他的脸上绽开了温顺的笑容。他说:"我饿了。"

老太太赶紧给他端来了滋补肉汤,外加一个麦面馍馍。

吃完之后,他把一直紧盯着他的母亲的肩膀揽进怀里,用嘴唇碰了碰她的额头,穿上雨衣就下楼去了。

十三

索波是两天后回来的。

在雨水里浸泡了两天两夜的索波走进家门的时候,形销骨立,摇摇晃晃。母亲一动不动,坐在火塘边上,火边的陶罐里依然煨着煮好的滋补肉汤。母亲身子动了一动:"我不想走到窗前看你回来,我不想看见。"

索波脸上的泪水下来了,他的嗓音因为连续两天大喊大叫显得那么嘶哑:"阿妈,我们的村子完了。"

"我已经老了,不想活了,可你们年轻人还要生活下去啊。"

索波走到窗前,取下堵在窗口上的毯子,明亮刺眼的阳光一泻而入,照亮了整个房间:"阿妈,我要去觉尔郎了。如果不去那里开出荒地,机村人以后就没有地方种下果腹的庄稼了。"

他喝了一些肉汤，再次在火塘边躺下。他听到自己松动开的骨头关节，还有内心里松动开的不知道什么东西在嘎嘎作响。新建房子的木头收缩时，发出的就是这样的声响；春天到来的时候，河上的冰面化开时发出的也是这样的声响。母亲仍然入定一样端坐在身边。索波隐隐然听到协拉琼巴父子喜欢吟唱的古歌回荡在耳边。他又沉入了睡眠的深潭。但他睡得并不踏实，梦中依然暴雨倾盆。

山坡上每一处沟壑，都有泥石流汹涌而下。山上刚刚伐下的木头成了泥石流的帮凶，那道机村人砌起在山边的蜿蜒石墙，被泥石流轻轻一推，累累的乱石自身也成了泥石流的一部分。沉重的木头和砾石裹挟在泥浆中间，载沉载浮，缓慢而顺畅地流动，覆盖了土地，推倒了房屋。

驼子和索波带着机村人在泥石流未曾到达的前方，拼命挖掘沟渠，为的是要把泥石流引向不会推倒房屋、不会毁灭更多土地的方向。但人力真是有限，泥石流涌来了，顺着他们挖出的沟渠流淌一阵，很快，乱木与石头还有泥浆就把仓促挖成的沟渠填满了，满溢出来后，泥石流就由自身的重力与惯性引领着，涌向了人们不希望它们去到的地方。最后，人们放弃了抵抗。只是在泥石流到达以前，把圈里的牛羊，把房子里的人和财物转移到安全的地方。雨一直下，下了一天一夜，又下了一个白天，直到黄昏时分，在人们都认为这雨水再也不会停止，认为老天爷要用泥浆与乱石覆盖了整个世界时，雨水却突然停下来了，而且立即就天朗气清，把一轮冷冰冰的皎洁月亮挂在了天上。

月光照亮大地，让人们看到大地劫后的洪荒景象。

索波在睡梦中不得安生，早早就醒来了。好容易等到天大亮了，他敲响了挂在小学校门口那段铁轨，清脆的钟声在这个霜降的空气冷冽清新的早晨传到了很远的地方。驼子也睡不着觉，听到钟声他第一个来到广场。驼子的腿瘸得更厉害了，但是，这个一向软弱的家伙第一次没有显出哼哼唧唧的模样，他血红的眼睛里露出了坚定的神情。他说："收拾摊子的事情交给我吧，你该带着年轻人出发了。"

索波说："我会抓紧准备的，现在马上开会报名。"

驼子到底是支书，他对索波说："国家会来救济我们，国家也会支持我们生产自救，你就放开手脚好好干吧！"

钟声的余音还没有散尽，村里的人们都聚集到广场上来了。而且，年轻人都已经收拾好了口粮、被褥、工具和锅碗瓢盆，每个人都把不规则的巨大包袱背在背上。民兵们还带上了步枪与有限的子弹。

沉默无声的人群把即将出发上路的年轻人紧紧围在中间。早晨清冽的空气中充满了泥石流带来的淤泥的气息。那是来自大地更深处、从未生长过植物、从未被植物根须盘踞过的生土和雨水混合在一起的气息，这种味道生涩腥重，是这个世界在洪荒时代刚刚开始时的那种气息。

　　索波的母亲拄着拐棍出现了。索波弯下瘦长的身子，对母亲说："阿妈，我想停下来好好陪你，但是我不能够了，我要到远处去了。"

　　老太太捧着儿子的脸，用干枯的嘴唇一次次亲吻他。

　　"阿妈，原谅我，又有一个东西附在儿子身上了。"

　　"我喜欢这个人，这是古歌里唱过的救命神！你去，去吧！"

　　队伍出发了。

　　队伍穿过了村中掩映着水泉的柏树林，转过一个山弯，就要走出送行者视线的时候，妇女们哭了。她们压抑着哭声，不想让远行的亲人们听见。直到远行的队伍消失在山野中间，广场上的哭声才响成了一片。驼子冉一次敲响那段铁轨。他脸上堆上了笑容，却又嗓音哽咽："乡亲们，社员们，哭又有什么用？大家知道这没有用！要让年轻人们走得放心！怎么样才能让他们放心？特别是家里倒了房子的年轻人也到远方寻找生路去了！而且，我们的仓库已经空了。今天，大家就相帮着把这些遭灾的人家搬到仓库里去住。吃的、用的，将来国家会管，但国家还没有来的时候，大家尽量帮助一点！"

驼子刚回来时，发现自己在老乡亲们面前说话已经没有以前那样的作用了。可在这个早上，他又找回了机村人对他的敬重。这次讲话，他没有讲革命，没有讲主义，他只是提了一两次国家。而国家已经在路上了——如果县里和公社就是国家的话。电话线断掉了。伐木场的电报机发出了消息。这次，老天爷很公平，没有因为伐木工人是有星期天的选民而对他们另眼相看，伐木场也遭到了泥石流大规模的袭击，"造成了财产与人员的巨大损失"。

暴雨刚停的那个早上，国家的救援卡车队已经在路上了。车上装满了衣物、帐篷和粮食、药材，更有成车的锄头与铁锨，有辆车上还装了许多捆毛主席的书。但是，在离机村还有几十公里的地方，车头上插着红旗、车厢上贴着新鲜的红色标语的车队就被泥石流阻住了。对森林的大规模砍伐不只是在机村，而是在整个公社、整个县，甚至是整个自治州、整个国家普遍地进行。受到泥石流冲击的也不只是机村一个地方。车队甚至带着电台。带队的革委会副主任老魏让电台给伐木场发去了电报，指示伐木场要发扬工人先锋队的模范作用，在自身做好抗灾工作的同时，要尽力给机村的少数民族农民兄弟一些支持。伐木场院子里摆着好多具尸体，施工场地也亟待修整，但他们还是打开仓库，筹措了一些粮食，动员工人们捐出了一些旧衣服旧被褥，来到了相隔不到两里路的机村。但是，他们期待中的工农一家的融洽场面并没有出现。在机村人眼中，正是他们的工作毁掉了机村的美丽田园。伐木场工人进入村子时，远去垦荒的队伍刚刚出发不久，人群聚集在广场上还没有散开。但他们一到，人们就四散开去了。他们带去的都是令久处贫困的机村人眼馋的东西，可在这个刚刚被泥石流前所未有地蹂躏过的村庄，没有人再对他们带去的东西看上一眼，他们怨恨的眼光都落在这些人的脸上了。这些人把带去的东西放在驼子跟前："这些东西就交给你了。"

驼子说："这里的老百姓什么都不要，就想听你们一句两句抱愧的话。"

伐木场的人本来就有着很强的优越感，这回热脸贴到冷屁股上，再听驼子支书这么说，火气就上来了："我们也是给国家建设做贡献，我们也是国家分配的工作！道歉？凭什么？"

驼子支书叹口气："既然如此，请带着你们的东西回去吧。"

工人们就抬着他们的东西原路回去了。

驼子目送这些人一步一滑在泥泞的道路上走远了,转身把双手背在身后独自往村外去了。既然泥石流已经无可阻挡,既然砌那长长的石墙也是徒劳无益,只好在泥石流冲刷不到的地方开垦荒地了。他慢慢挪动着腿僵腰硬的身体,他知道自己要去什么地方。尽管他刚刚回到机村,但机村的山山水水,都深刻在他的记忆之中。在新一村时,他常常梦回故乡,但这个故乡竟是机村,而不是他十几岁时就跟上红军队伍离开的那个故乡。那个故乡的记忆在机村的遮蔽下已然面目模糊了。现在,他走在灾后机村的土地上,就像在梦中行走。灾后的空气里水汽饱和,使这个秋天上午显出一种特别的阴冷。他不想去看庄稼地,去看那些未及收割就被掩埋到泥水底下的粮食,他一颗农民的心经不起强烈的难过。他只要像现在一样,怀着发现新垦地的希望,去看那个不用去看也已经了然于胸的地方。然后,他登上了达瑟建有树屋的那个小小的山岗。这个浑圆山岗耸立在村庄的左后方。本来,这是村后山体的一个部分。但是,山坡俯冲而下后,像一个人一时站立不稳,把怀中抱着的包袱跌落地上,于是,在村庄和庞大的山体之间,有了这样一座小小山岗。山岗上丛生着一些灌木,一些大树。夏天,灌丛里和灌丛间的草地上会生出许多蘑菇。解放前,驼子刚开始准备盖自己的房子时,一度选址在这个地方。但他发现,这个地方太高了。如果盖一座房子,这座房子将高踞于整个村庄之上。他知道,自己没有资格把房子盖在这样一个地方。

  他努力让自己沉浸在对往事的回忆中,这样就不用老去想机村灾后的种种惨状。他慢慢往山岗上挪动身子,他知道,山岗后冒出巨大华美树冠的那株树,一个叫达瑟的年轻人藏了许多书籍在上面。他终于爬到了岗顶,站在达瑟的树屋下,看见了一座房子的遗址——石头墙基围出来的一个长方形的方框。墙基的里外,散落着一些被火烧过、正在腐烂的木头。那些腐烂的木头之间,长出了许多荒草:牛耳大黄、接骨草、臭蒿和果子上带着无数粘毛钩子的牛蒡。这类牛羊不食的杂草总是在曾经有人活动过的地方生长得十分疯狂。原来房子的主人是一个聪明人。他把房子暗藏在山岗与庞大山体相连的马鞍状的缓慢起伏上方一点,让自己的房门朝向整个美丽的山岗和东南方向的太阳。他听说过那个复员军人的故事。但在今天这样一个日子,他并不想特别感伤。他来此,不是要感时伤怀,他是要为机村寻找一些新的耕地。正如他清楚记得的情形一样,庞大山体和山岗之间那个马鞍状的小小起伏,正好把倾泻而下的泥石流阻断了。泥石流下来,顺着山体通向山岗隆起的余脉,分流到两边去了。驼子喃喃自语,但没有人听见他的话。他自己恐怕也没有经心地听听自己在叨咕些什么。他坐下来,听藏在绿树丛中鸟儿的欢叫。阳光笼罩着他背后和面前的枝叶茂盛的树木。起风了,所有树都摇晃起来,哗哗作响。

驼子的手指深深地插入身边的土地,把一丛草连带着肥沃的泥土从地下挖了出来。他立即就闻到了肥沃熟土的芬芳气息。他把黑土放在手指间慢慢捻过,又凑到鼻尖上贪婪地嗅闻,样子像一条在山林里寻找野物气味的猎狗。

"当然了,那是一条高兴的狗。"

他仔细地把泥土里的草根和小石子都捡干净了,然后,猛然一下,就把有四五撮鼻烟分量的土喂进了嘴里。嘎吱嘎吱,他听见了自己咀嚼泥土的声音。感到泥土硌在齿缝之间,引起身体将要痉挛的感觉。他在这种感觉中沉浸良久,然后,伸长脖子把这些泥土咽了下去。

他不记得,自己已经吃掉了多少土。

但他记得,自己第一次吃土,是从红军队伍里负伤掉队以后,那是因为饿得实在没有办法了。他尝出第一撮土的美好滋味,品尝到泥土带给人的踏实感觉,是他得到头人恩准,在机村开出第一块土地的时候。在那个光线金黄的傍晚,他突然就把抓在手中的沃土塞进了嘴里。他悄无声息地哭了，一边流泪，一边拼命地咀嚼嘴里的黑土，直到把这些土咽进了肚子里，这样，他才有了真正占有了一块土地的真实感觉。

泥土一落下肚，冰凉的胃立即就暖和了，空落落的心立即就有了着落，死灰色的脸上泛起了些许生气，他站起身来，听一身不灵活的关节嘎巴巴响过，就开步往村里走了。

驼子支书走到村中小广场上，小学校正在上课。他敲击小学校前悬挂着的那段铁轨时，先走到窗户跟前，示意老师继续上课，然后，他站在阳光下敲响了铁轨。村里人迅速聚集起来了。

多年后，回忆那场机村历史上最可怕的灾害，人们都会记起驼子当时奋臂敲钟的形象。他总是佝偻的身子比平常挺直了许多。他的脸上、眼睛里，甚至是手上的肌肤都放射着一种光芒。"那样的闪光，就是神灵附体。不，不是附体，而是神灵直接现身了一样。"

"那钟声听起来也大不一样，就像十万只蜜蜂在振翅飞翔！"他们那是形容钟声的余韵，钟声的余韵的确长久地在空气中嗡嗡激荡。

驼子对着聚集起来的人们说："当年，我流落到机村的时候，心里比现在难过多了。但是，乡亲们收留我了。老天对机村也像机村当年对我林登全一样！"那天的驼子嗓音洪亮，他挥手指向那座浑圆山岗，"年轻人去了觉尔郎开垦新地，我们也不能闲着。等他们回来，我们这些老东西，也让年轻人大吃一惊吧！"

当天午饭过后，机村的垦荒队伍就开上了山岗。没有人说话，平缓的山坡上锄头此起彼落，每个人脸上汗水都涔涔而下。据说，那天小学校里学生们诵读课文的声音也特别整齐响亮。下课时间一到，老师就带着学生们一起上了山岗。他们都是农民的孩子，不要人安排，就能找到适合自己的活路。他们把铲掉的灌木、草皮与树根堆积在一起，等这些东西干透了，点一把火，剩下的灰烬是很好的肥料。这些黑土太肥沃了，如果不施些碱性的草木灰中和一下，庄稼一个劲疯长，都会忘记结出果实了。孩子们归置好树枝与草皮，又把挖出的石头搬到地边。直到天黑得看不见了，人们才扛起锄头回家。大家的心里，灾后的悲伤消失了，而且，每个人都能感到，人与人之间因为运动、因为斗争而消失的温情又在回到心间。这天晚上，每一家都倾其所有，做了好吃的东西。每个人家都把好吃的东西匀出一点，盛好了，放在漂亮的木托盘里给驼子家送去，给索波家送去。

这天晚上，机村人都听到了驼子老婆歌吟一般的哭声。

她长声吃吃地哭诉着:"老天爷啊,为什么你降灾难的时候,我们心中温情的水流才四处泛滥?"

这不是她想出的说辞,而是关于觉尔郎的古歌里的唱词。这些唱词在她嘴里复活了,却不再是缅怀的调子,歌颂的调子,而是控诉造物之神不公的说辞了:"老天爷啊,为什么你总把人逼到悬崖的边缘,才让我们感到人世的温暖?"

驼子喝了很多碗乡亲们送来的肉汤。肉汤里放了小茴香,放了祛寒湿的生姜,浓酽的肉汤都漫到脖子那里了,但是,他说:"我再喝一点,他们不会天天送肉汤,送来了,我就多喝一点。"

结果,肉汤真的从他的口中满溢出来,弄得他那正因为感动而哭诉的老婆破涕为笑了。

"背时的驼子,一点肉汤就把你弄成这个样子了!"

驼子揩干净嘴巴,脸上慢慢布满了阴云:"你以为乡亲们天天都会给我们送来肉汤?我来到机村多少年了?我当两个村子的党支书多少年了?这样顺所有人的心,也就今天这一次吧!"

这话真把他老婆给问住了。

他继续往下追问:"要是上面不高兴我们这样干怎么办?"

十四

第二天，第三天，天气都非常晴朗，大家也都干劲十足，没有一点灾后怨天尤人的情绪。天不灭机村，营造机村地势的时候，就预留了这样一个宜于开垦与种植的独立山岗。

老魏带领的救灾队伍从伐木场转来一份电报，对机村人在大灾前表现出来的乐观与坚定表示充分的肯定。

驼子更加干劲十足了。

第四天，老魏带领的救灾队伍终于来到了机村。使机村人感到有些失望的是，救灾队伍先去了伐木场，过了半天，老魏才带着一辆卡车来到了机村。那辆卡车上几乎装载着机村人盼望的一切东西：粮食、衣服与被褥、搪瓷的碗与盆、成捆的锄头与铁锹、药品，甚至还有一些孩子和老人都喜欢的糖果。机村人真是干劲十足，就是在广场上分配救灾物品的时候，大人们都没有停下手里的活路。老魏看着老人与小孩慢慢往家里搬运东西，对驼子说："看来，调你回来的决心是下对了，机村人不是没有觉悟，需要的是把他们的觉悟激发出来！"

驼子知道，老魏的话有些走题，但老魏满意眼前的情形就让他感到放心了。这些年，运动来运动去，斗争来斗争去，他明白了一个道理：他不是国家干部，他是一个农民。农民要听上面的话，但农民也不能忘了农民办事的规矩。以一个农民的智慧来看，老魏说这些离谱的话，他也不去当真，只是很恭顺地听着。

老魏拍拍手，说："怎么样，去看看灾后恢复生产的工作？"

驼子按着场面上需要的话说："请领导检查工作。"

驼子和老魏走在头里，身后一干下来救灾的干部不远不近地跟着。看着开垦荒地的人群，老魏连说了几声不错。然后，他从随从手里接过一双帆布手套戴上，挥起一把锄头猛干了一气，当他出了一头汗水，脱下干部服，挽起衬衣袖子还要再干的时候，大家把他劝住了。驼子带头鼓掌，围拢过来的机村人都跟着鼓掌。老魏说了一席鼓舞干劲的话，大家再次拍手。这时，就是领导该离开的时候了。

驼子陪着老魏一行从工地上下来，穿过残留的大半个村庄时，老魏回头看了一眼正在开荒的山岗，说："林登全同志啊，我提个建议好不好？"

驼子立即就有点紧张了。

老魏笑了："你不要紧张。为什么领导一发话你就要紧张？"

驼子不答话，一双眼睛忧心忡忡盯住了领导的嘴巴。

老魏说："说实话吧，我这个建议真不怎么的，但你真的要这么干才行！你先答应我一定得这么干！"

"你说吧。"驼子心里非常惶惑不安。

"你就搞点形式主义，在新开的荒地下面砌一道墙！"

"那里不会有泥石流，再说，墙也挡不住泥石流啊！"

"农业学大寨，农业学大寨！"老魏有些不耐烦了，"大寨的地是什么样的？"

"楼梯一样？"

"对了，大寨田就是楼梯一样，你要拦上一两道石墙，截高填低，把坡地整平，不就是梯田了？"

驼子想告诉老魏，这个山岗浑圆，坡度很小，不必一定弄得过于平整。但他还没有开口，老魏又说："我懂得种庄稼，你却不懂政治，不懂得我的难处，你就这么办吧，这对大家都好。"

驼子当支书的二十多年,第一次听见上面的领导对下面诉苦,说自己如此这般是因为也有难处,而不是出于"主义"和"革命"的大道理。说这些话的时候,老魏脸上真切地出现了愁苦的神情。

驼子当下就猛然点头。

老魏却还有话说:"还有,我还真要批评你几句。老同志了,伐木场来慰问,你们拒绝。伐木场也遭了灾,牺牲了十几个人,好几个人的尸体都还没有找到,机村怎么能没有一点表示?工农联盟,那是我们的立国之本啊!"

说这话时,老魏脸上的忧心忡忡的神情又加重了几分。驼子想说什么,但没有说。他觉得,自己想说什么,老魏其实是知道的。然后,老魏就带着救灾队赶赴另外的地方救灾去了。驼子知道,老魏把很麻烦的事情留给了自己。驼子禁不住掌了一下自己因为一点情面就张不开来的嘴巴。

驼子知道,这几天众人合力、团结一心的好日子就要结束了。果然,当他传达了修建石墙,把新垦地建成标准的大寨田指示时,那些短暂消失的怨气又冒头了:"为什么我们刚刚好一点,你们这些当官的又来胡乱指挥了?"驼子真是哭笑不得,在群众眼里,他是干部,在干部眼里,他无非就是一个农民的头头。他的感受，与这些挥舞着锄头开垦荒地的任何一个人没有什么不同，但他不能说出自己的感受。

人们高涨的情绪一下就变得低落了，而且不只是低落那么简单，这种低落中潜行着隐忍不发的怒火。驼子感到嗓子发干，但他还是就地把大家召集起来，开会。新翻出的肥沃黑土浓厚的气味四处流荡。他感到自己嗓子发干，他复述那些这些年听惯了也讲惯了的，自己并没有任何切身感受的空洞字眼。讲这些话的时候，他觉得自己像是一个空空的皮囊，里面没有血肉也没有灵魂，只是被风吹着，发出呜呜的声响。多少年后，他还想，要是自己不那么着急，等到晚上很正式地传达这个指示的话，乡亲们心里就没有那么重的怨气，后来的事情是不是就不会发生呢？

但他也只是想想罢了。驼子不是历史学家。刚解放时，社会主义建设事事顺遂，他是一个前红军战士，是一个共产党员。后来荒唐事越来越多，使他变成了一个宿命论者。在一个谎言甚至盛行于历史学家的口头与笔下的时代，倒是一个乡下老头的宿命感叹更接近事物的本质。驼子是怎么感叹的呢？暂时按下不表。会没开完，骆木匠就站到了他跟前："支书，我有事要跟你谈谈。"

这个人是在他迁到新一村时突然出现在他们家里的，是他老婆家乡的一个亲戚,在家乡生活不下去了,跑来投奔他们。在新一村那个环境里,这个突然出现的侄儿大有主人翁气概,给他的工作惹了不少麻烦。他把村里搞阶级斗争深挖出来的一个国民党军的前上校逼得上吊自杀。后来,还是老魏帮助四处找些木工活计,不断挣来的钱让这个躁动的家伙安静下来。是老魏把他带到机村,托付给了索波。驼子没想到,回到机村,这个不安生的侄儿又在这里等着他了。

驼子说:"如果你把自己算成机村人,那你不该跟我们这些老东西在一起,年轻人都到远处去了。"

"我正想跟你谈谈这个问题。你应该把青年突击队撤回来。"

驼子轻轻地摇了摇头,然后转身走开。

这个手脚利落的年轻人一下绕到他前面,堵住了他的去路。年轻人一脸怒火中烧的样子站在他面前,冲着他喊叫:"你再也不能允许他继续这样下去了!"

"你在说谁?"

"索波!还能是谁?他已经不是原来那个索波了,他的革命意志已经消退了,他不想继续革命了!"

"继续革命",这是这一两年时报纸上广播里越来越多提到的话。驼子其实一直不太懂得这种新说辞到底是什么意思。

但他知道，这样新的说法一出来，一个什么运动又要开始了。他有非常不好的预感。每一种新说法出来，都会紧跟着一个运动，一个运动一来，总要有些人背时遭殃。这就像天气，乌云积聚就会带来风雨，风雨之后就是泥石流毁掉良田村庄。驼子问："农民革命难道不是种好庄稼？他带人去开辟荒地，生产自救，这有什么错？"

"他搞封建迷信！"

"他怎么搞封建迷信？"

事情出在那条从断崖的高处下到谷底的路上。那条路在古歌里被赋予了一种神秘色彩。索波带着一干人数次往返，都是在夜里，而不是在白天。那个地方，白天看到的都是断壁悬崖，没有路，晴天是飞鹰、阴天是云雾悬停在绝壁的半腰。协拉琼巴却有本事带着大家在夜晚平安上下。这个人确实有些装神弄鬼：不能在白天，也不能打开手电或点亮火把。他把这说成是那些消逝许久的先人的指引。被批判被禁止了这么多年的封建迷信就这样大模大样地复活了。

驼子有点害怕这个因为虚无的正义之火升腾而怒气冲冲的年轻人。面对这样的情形，他真的不敢肯定自己是站在正确的立场上。

他当过红军不假，他是机村的党支部书记不假，但在他内心深处，真正懂得的还是农民的道理：有土地就让土地生长庄稼，没有土地就开垦土地。他说："好，等他回来我会批评他！"

"等他回来，怎么能等他回来？那时，他把每一个人的思想都搞变了！"

"现在我走不开，我要带着大家在封冻前多开地，才赶得上明年春季种上庄稼！"

"开地，开地，开地就是一切吗？索波也是用开地来堵所有人的嘴巴。你们都是修正主义，反对继续革命的修正主义！"

驼子想起来，自己家这个亲戚并不是机村的正式村民。用干部们和文件上那套话说，他是一个流动人口。他在机村没有户口。他的户口在一个更加多灾多难的地方。一个不在户口所在地生活的人就是一个流动人口。驼子说："要是我们都是修正主义，那你就该回到你不是修正主义的地方去了。"

"你相信上下悬崖要闭上双眼……"

"那你就睁开眼睛！"

"你相信一条路上下非得是在半夜三更？"

"那你自己为什么不在白天上下？！"

"白天看不到路！"

"晚上你就看见了？"

"晚上也没有看见什么路！"

"那你怎么下去又上来的？"

骆氏看了自己的晚辈竟然当众与丈夫顶嘴，在众人面前感到万分的羞辱，她捂住脸嘤嘤地哭了。

协拉顿珠来到他们的面前，说："我怎么听不懂你们的话？你们自己懂得吗？"

驼子叹口气说："我的脑子稀里糊涂的，也不太懂那些话。"

骆木匠冷笑："这些道理是人人都可以懂得的吗？上级不是常常说，理解要执行，不理解也要执行！"

协拉顿珠说："自古以来，靠嘴巴生活的上等人总要说些让人听不懂的话，但下等人是要靠地里长庄稼才能过活啊！"

骆木匠不想与这些人再争辩了，他冷笑道："我要向上级反映，你们这些修正主义的言论太危险了！"

众人不太觉得这个人可恨，这种人这种事大家已经见怪不怪了。年轻人，发病一样发作一阵也就慢慢懂得世道运行的道理了。索波已经是个榜样，所以，这个年轻人无非也是在热病的发作阶段，过上两年三年，事情也就过去了。这种情形倒让大家觉出驼子的可怜与不易，所以也就原谅了他。

这时，从伐木场开来了一队人。他们一脸庄重的神情，一直开到了这个机村人正在开垦的小山岗那浑圆平坦的顶部，从活动的圆盘里拉出长长的软尺丈量，之后，又一队人扛着镐头来了。

驼子说："社员同志们，工人老大哥支援我们来了！"

村民们也信以为真，以前遇到农忙时节，工人老大哥到了星期天，他们的共青团啊，工会啊就会组织义务的支农劳动。驼子赶忙派人回去准备热茶送到工地上来。过去，前来支援的工人不会吃农民兄弟的饭，他们可以接受的就是谢意与热茶。

"且慢，"领头的蓝工装说，"以后我们会来支援你们，但这次不是。"

这一来，马上就有人很警觉了："你们也要开地吗？这地方是我们的。"伐木场也开了不少地，种植蔬菜。他们的蔬菜地也让泥石流毁掉大半了。

"我们的领导会来跟你们讲，我们嘛，只是照安排出来工作。"

村民们已经激动起来了。这个时代的人们普遍都传染上了一种狂躁的气质，就像天空中蓄满了水分的云彩，只要稍稍扰动一下,就会有雨水倾盆而下。就在那个小山岗顶上,村民们马上就把那一队工人包围起来。他们砍光山上的树木,致使泥石流年年暴发,毁掉了机村人赖以为生的良田,在机村唯一一块不会遭致泥石流袭击的地方,机村人刚刚举起开垦的锄头,他们也扛着镐头来争夺了。"国家给你们拉来一车车的大米白面,为什么还要来跟可怜的机村人争夺这么一小块土地?"

那队蓝工装都是一些青壮年男人,机村这边,只是些半老的男人和多嘴的妇女,仅仅是数量上占着一点优势。一旦真的打起架来,伐木场还有上千人可以支援,机村有的,就是小学校的学生和一些行将就木的老人了。但是,在这类争执中,伐木场一边总会表现出更多的克制。他们表示,只要领导发一句话,他们马上就离开。

大家的目光就都落在了驼子身上,驼子转身迈开蹒跚的步子往伐木场去了。

十五

在路上,驼子心中的怒火不断上蹿,但一进伐木场,情形就变化了。

他被臂绕黑纱、表情悲壮的工人引领着走进了礼堂。礼堂中央,一排架子上并排躺着十几具白布蒙着的尸体。礼堂压抑的空间中哀乐低回,音乐造成的效果,好像天上所有的乌云都堆积在这屋顶之上。他被带到正在守灵的伐木场领导面前。领导默默地和他握手。有人上来,在他胸前别上了一朵白花,在他手臂上缠上了黑纱。

领导嗓音低沉:"谢谢。谢谢机村的农民兄弟。"

他被带到了那排尸体跟前,跟着人鞠躬,跟着人默哀,完成了这一系列动作时,他已经把来这里要交涉的事情完全忘记了。他完全被自己深深的羞惭把心揪住了。既然自己是前来致哀的,怎么可以两手空空就出现在这里呢?说不定,那躺在白单子下面的工人老大哥,也曾经来过机村,帮助耕地的男人扶过犁杖,拿着镰刀帮着收割过机村的庄稼,山洪暴发时,帮助机村抢救过水电站的堤坝。驼子的眼睛真的就湿润了。

后来,他被领导请到场部的办公室。这里气氛一下就轻松了。

领导叫人给他奉上热腾腾的茶水:"刚才那些烈士,都是为了抢救国家财产牺牲的,他们都是为抢救储木场的木材而牺牲的。"

驼子感叹:"过去打仗的时候,死了人,好多都来不及埋掉。现在好,共产党坐了天下,牺牲的同志也像个烈士的样子了。"

领导又一次说了感谢机村农民兄弟前来慰问的话,这一来,驼子又羞愧得想钻到地里去了。天下哪有这样怒气冲冲、两手空空前来吊丧的呢。他低下头,使劲摇着双手。

领导过来在他身边坐下,俯身对他说了些什么。他能做的就是拼命地点头。但即便是这样,也不能使他的羞愧减少半分,以至于他都弄不清楚自己是怎么昏昏沉沉地从伐木场回到村子里来的了。

走进村子，冷风一吹，他的脑子慢慢清醒过来。他马上就要下一个命令，宰几只羊送去，还要扎一些白花，请伐木场懂文墨的人写一副挽联。把这些事情想了一过，他心里就像这事已经做了一样，感到释然而轻松了。

这时，他才想起了伐木场领导在他耳边说的话。

他一个人走在路上立即就叫了起来："不行！机村就那么一点地方了！"他蹲下身来，用手捶打着胸口："天哪，机村就指着这么一点地方种点活命粮了！天哪！烈士们是不会要我们那宝贵的地方作为坟地的！"

是的，坟地。伐木场领导说的是要建一个烈士陵园。

"他们都是为了抢救国家财产而牺牲的，但是，现在，一定要有一个永久的陵园安葬他们。"

驼子知道，陵园就是坟地的意思。他也知道，烈士们应该有一个永远让人看见、永远让人记得的地方，但这叫他回去怎么向村里人交代！村里人不会理解一排死人怎么非得要永远睡在那漂亮的山岗上面。机村人更不会懂得为什么要用十几个人的性命去换那些木头。农民没有工人阶级先进，所以，农民算出来的账是一个人的命也比几十上百根的木头值钱。在农民看来，那些死去的人是些傻瓜。

那队蓝工装见驼子没有能够带回新的指示，看看快要落山的太阳，再也不能等待，就动手挖起坑来。农民兄弟是一定要上前阻止的，所以，两下里真的就动起手来了。这一动手，无论驼子怎么阻止，都没有什么作用了。在场所有的机村人都扑向了那队蓝工装。而且，双方心里都带着仇恨，再不只是拳脚相向。一上来，手中的铁制工具就飞舞起来了。驼子转身又往伐木场跑。半路上，迎面就有怒火中烧的工人前往机村增援。驼子很想快一点，但腿软得都要迈不开步子了。跑到了伐木场，有人把他领到办公室，然后去找领导来见他。在他一生中，从来没有什么时候比这段等待的时间更为漫长。就是长征中他负了伤，躺在地上，血汩汩流淌，感到死亡的阴影一点点逼近，也没有这么焦急，这么害怕，没有因为焦急和害怕而觉得这段时间比整个一生都要难熬。他不知道自己等待了多长时间。他半躺在椅子上，看着下午明亮的天空变成一片灰白。

那片灰白就是末日的颜色。

终于，几张故作沉着的脸衬着那片灰白浮现在他的眼前。

驼子说："出事了，你们，求求你们快去救人啊！"

领导不慌不忙，说："没有那么严重，群众心里有情绪，就发泄一下。"

驼子一着急，居然昏过去了。

其实，这会儿，伐木场派出制止冲突的队伍已经出发了，甚至连医生都派过去了。驼子醒过来时，伐木场领导告诉他，冲突已经停止了。而且，"基于革命的人道主义，对机村那些做出了抗拒纪念革命烈士的反革命行为的人也施行了救治。"领导话锋一转，"你就好好在这里休息，明天早上，跟我们一起安葬革命烈士吧。"

驼子发出了悲伤而绝望的呻吟。

"你说什么？"

"不！"软弱而且胆小的驼子哭出声来了，但他还是听到自己在喊，"不——！"

"你也反对纪念革命烈士？"

"我不反对，但你们就给机村留一块好地吧。"

这是一九七五年的秋天，老魏亲自率领一个工作组下到机村。但机村人众口一词，说一点也不反对牺牲的烈士，他们只是希望在巨大的灾害过后，还有一块荒地可供开垦。他们还说，农业学大寨也要一个合适的地方。机村有十多个人被抓进县城关了一段时间，回来后，又在全村人会上被批斗了几次。每一次大会，驼子都要率先做出深刻的检查。老魏作为县革委的副主任亲自表态，把那些烈士全部安葬在县城旁边的烈士陵园。深秋的雪一下来，喧腾的世界又归于了寂静，事情差不多就这样平息了。

驼子的老伤又犯了，躺在家里，但呻吟的声音足以让全村人听见。

他的呻吟中增加了新的内容，他喊："继续革命，继续革命！我革不动了，我的手，我的脚，我的背都痛啊，我打国民党，打江山受的伤，我革不动这个命了！"

然后，他转而咒骂机村的乡亲："我欠了你们什么，我不欠你们什么了，告诉你们，我早就把欠你们的还清了！你们怎么敢像对付敌人一样对付工人老大哥？你们都以为我软弱胆小，哼！"驼子居然从床上爬起来，走到大开着的门前，"我知道你们都在听着，那你们就竖起耳朵，你们去打听打听，老子在新一村是怎么当支书的，老子对什么事情手软过！要是不信，明年一开春，看老子怎么收拾你们！"

大家感到惊奇，这个好人口中怎么吐出了这么多恶毒的言语。但大家对这些恶毒的言语并不在意，有聪明人说："继续革命就是不断往前跑，就像我们拿着鞭子，让牛拉着犁头，一直抽打，不让可怜的畜生停下来喘气一样，这个可怜的家伙真的是拉不动身上的犁头了。"

雪一直下个不停，劳碌挣扎了一年的机村终于停下来，可以喘口气，可以回味一下这一年经过的种种事情了。年轻人都还在远处的垦荒工地上,如果不是每家屋顶上还飘荡着淡蓝的炊烟,整个机村就像死去了一样。

骆木匠跟着工作组留下的几个人走家串户动员大家出来参加会议,大多数人都守着温暖的火塘沉默不语。

也有人开口说话:"世上所以有冬天,就是天老爷也疼人,知道累了一年的庄稼人要休息一下了。不是连我们老支书也犯病了吗?"

骆木匠说:"那是他的革命意志消退了!"骆木匠在这户人家还喝了一些酒,那家人一边给他酒喝,一边却与他争吵。好多年了,那些陌生的词语是他的护身符。只是他嘴上一挂上那些来自上面、来自文件上的词语,人家就害怕,就闭口不言了。但是,今天,也许是这些人借酒壮胆,和他针锋相对,不肯退让了。他从这户人家走出来时,已经带着浓重的醉意了。在飘飞的雪花后面,他恍惚看见了几个模糊的影子。他笑了:"不要装神弄鬼,告诉你们,我什么都不害怕,我一点都不害怕。"

然后,那几个朦胧模糊的影子就撞上来了。

骆木匠躺在雪地上,心里已经有些害怕了。他想喊救命。但一个影子山一样压下来,他就什么都不知道了。第二天,他努力回想,想起有人在他耳边说了一些威胁的话。但他又想不起来，那些鬼影具体说了些什么。

他哆嗦着对工作组的人说："你们要相信我，他们真的说了什么！"

工作组的人对他也并不那么耐烦："那你就说出他们是谁！"

"不是鬼，是村里人装的鬼！"

"那他们到底说了什么样的话，我们才好有线索组织清查！"

但他实在是想不起来了。工作组的人替他想，想了一句又一句，他觉得这样的话用在自己身上是对的，但他的确又不敢肯定。工作组的人冷笑："那说明，你他妈的得罪的人太多了，我们总不能把全村人都看成阶级敌人吧？"

"我是在斗争！我是响应党的号召！"

"那也不能把全村人都当成阶级敌人！"

第二天早上，机村老男人们组织了一个送粮的队伍去觉尔郎探望村里的年轻人。骆木匠提出，工作组应该去那里检查一下抓革命促生产的情况。到这时，他才感觉到，不只是机村人，甚至工作组的人革命意志都消退不少了。老魏早就回到了县里，工作组那些家伙，守着温暖的炉火，看着外面覆盖了山野的大雪，没有一个人动窝。最后，他们做出一个决定:"那你就代表工作组吧。等你回来,今年的招兵开始,我们就推荐你参军。"

"可是,我还没有当地的户口,你们能不能先把我的户口从老家迁来?"

大家都袖手不说话了。村里那些背负着粮食的人还冒雪站在外面,工作组就拿了一些报纸给他们:"让索波多组织大家好好学习。"

那些沉默不语的人就出发上路了。

村里远行的人还没有回来,一天早晨,人们忽然从伐木场的高音喇叭里听到哀乐响起。低回的哀乐轰轰作响,把河边,把小山岗上,把泉眼边那些孤立的树木上纷披着的积雪都震落下来。天空很蓝,天气很冷。风吹着雪花在蓝空下慢慢飘散。看来是伐木场又出烈士了。村里人因此又紧张起来。驼子正哼哼唧唧地站在门口眺望天空,他老婆坐在门槛上缝补一双靴子。他说:"天哪,又出事了,他们不会再打我们新垦地的主意吧?"

他老婆说:"你听,你听,喇叭里在说什么?"

驼子却不在听。他还在忧心忡忡地喃喃自语。

这时,他看到每一户人家的人都从屋里出来了,慢慢向着他家院门这边聚集过来。老人，孩子，还有没派到觉尔郎送粮的老男人们。他看到人们都走得跌跌撞撞，人们都茫然地望着天空，又把那茫然的眼光落在他的身上。他还看到，一些人张着嘴巴无声地哭泣。

然后，前大队长格桑旺堆走上前来，伸出双手摇晃他的肩膀："驼子啊，周总理，周总理死了！"

周总理死了！

对于机村人来说，周总理是一个熟悉而又遥远的名字，一个神灵一样的名字。现在，这个名字竟然与"死"这样一个字眼联系起来了。驼子的眼神也变得茫然了。他叫人打开了村里的广播站，墙上的喇叭里吱吱嘎嘎的尖利杂音响过，然后，传出了庄重肃穆的声音。这个声音正在宣布一个来自遥远地方的消息。广播里没有说死，而是说逝世。但谁都知道，那就是死的意思。哀乐说的是这个意思，那个沉重庄严的声调说的也是这个意思。然后，驼子就张开嘴哭了出来。他一带头，女人们就紧跟着哭成了一片。

逝去的那个人相距那么遥远，名字听了千遍万遍，却又从未见面，但大家真的是悲从中来。一种让人心里变得更加空空荡荡、无所依凭的悲伤。已经变得陌生的世界好像正在发生着更快的改变。世界跑得太快，以致它的表面失去了鲜明的颜色，蒙上了一层浓重的灰色。总之，那一年的好些日子在驼子的印象里都恍若梦境一样。

新的口号又来了。

这回叫作"化悲痛为力量"。

过去，是说把仇恨化为力量，把热爱化成力量，现在，是把悲痛化为力量。

这个村庄是那么偏僻，如此遥远地深藏在大山的皱褶中间，即便是最有见识的人，所获得的经验也不会远过村子三道以上的山梁。而左右村庄的力量从来就来自很近的地方，百十来里的土司，还有距离更近的寺院。但是，红军的队伍走过了才十几年，一切就都改变了。一个偏远村庄的命运是由一些他们并不懂得的口号、政策与运动所左右了。他们见过了许多掌握权力的人，但他们都不是最后那个人。他们背后，还有一个又一个随时可以改变他们命运的人，那最终的人像是一个无所不能的神，而不是一个人。而在过去，不出百里，他们就能找到那个掌握最终权力的人。如果说机村人在原始的经验上又积累了什么新的经验，那就是：每当一个口号写上了报纸，一个新的运动就又要开始了。运动几乎就是这个时代最鲜明的特征。运动不是一个实在的东西。但是运动可以把相关与不相关的人都卷入其中，随意决定这些人的命运。命运就像是一阵旋风，没来的时候什么都没有，但从虚空里一下就卷起来，把地上的尘土与枯枝败叶都卷入其中，那么强力，那么恣意地飞舞一阵，又从虚空里消失了，只是所经过地方的面貌都已然改变。

那场叫作"反击右倾翻案风"的运动又袭击到了山里。那风一路吹来，把一些大大小小的人物推倒在地上。这风刮到县城，老魏倒下了，他的罪名是某个人的"复辟路线代理人"。

风当然还会刮到机村，驼子也被打倒了，因为他是老魏在机村的"资产阶级黑线代理人"。

好在农业学大寨运动还要深入开展，垦荒才得以继续下去。村民们也不得不认真对待老魏亲自交代过的那道本身可有可无的石墙了。这一年，机村可供砍伐的森林已砍伐殆尽，伐木场开始往森林尚未砍伐的地方搬迁。

机村一时间选不出新的合适的领导，就由工作组临时负责。骆木匠好好表现了一番，但是，他没有户口，他不跳出来还好，一跳出来，在这个所有人都要被户籍钉死在一个地方的时代，他面临的结局是，将被清理回原籍。他长期滞留机村竟然成了老魏与驼子的又一条罪状。

骆木匠离开了机村。

他并没有走远。他在伐木场里找到了活干。工人们在机村待了这么多年，一旦要上路了，发现栖止多年的简陋木屋里也积攒下了不少东西。差不多每个人都要做一口两口木箱来盛放这些东西。骆木匠替工人做下一口又一口木箱。往年，骆木匠在伐木场干的活可不一样，那活路是做棺材。每年伐木场都有工人死在自己亲手伐倒的树木之下，或被倒下的树砸死，被滚下山的树撞死，被从木把上脱落的斧头砍死，被绞盘机上断了的钢索抽死。以至于后来伐木场预先就订了下生产多少木材伤几个人死几个人的指标。现在好了，虽然他手头做的东西还是一种木头匣子，但不再是用来装殓血肉模糊的尸体，而是盛放个人的财产了。骆木匠天天做那些木箱，难免不想到自己折腾了这么些年，除了两个肩头端着的一张嘴，真的是身无长物，不禁就有些感伤。

感伤的结果，当然也是对自己的所作所为产生了深深的怀疑。

十六

索波得到工作组的通知，让他回村来协助工作，但他没有动窝，他带着机村的青年突击队，一口气开出了几十亩荒地。深冬季节，冰冻三尺，机村的开垦只好停了下来。而在觉尔郎峡谷，气候温和得多，开荒的锄头一直没有停下。

突击队整体撤回来是在这年的秋天，因为毛主席他老人家去世了！

在悼念伟大领袖的时候，机村一直处于对立中的工农在巨大的悲痛中终于消弭了前嫌。伐木场的大部分工人都已经转移了，只留下很少一点人看守着一大片空荡荡的房子。在那个空荡荡的礼堂里，伐木场的留守人员和机村人一起建起了一个巨大灵堂。纷披着黑纱的大幅遗像。排列成行的花圈。低回不已的哀乐。眼神空洞面容悲戚的人群。故意卸掉一些灯泡而显得阴暗的空间。秋天渐起的凉意。一个人待着还好，要是两个人以上聚在一起，你看着我，我看着你，大家都神情哀戚。这种哀戚的神情彼此感染，看着看着，泪水就都沁出了眼眶，最后，就免不了低咽着哭出哀声来了。

青年突击队从觉尔郎带回了他们新垦地里第一批收获的东西。

毛主席在世时，老人家与山沟里这些老百姓相距是那么遥远。那时，他是一个称谓，是一个法力无边的神灵。但现在，他去世了，他的灵堂布满了这些偏远大山深处每一个有人烟的地方。这时，老人家反而是很切近的存在了。

这话听起来有些荒唐，但的确是机村人真实的感受。

从远方得胜归来的青年突击队把带回来的收获物每样都选出一点供在灵堂：未脱粒的麦穗，籽粒暗红的亮晶晶的油菜籽，土豆，金黄的玉米和一株株翠绿的蔓菁叶子。他们还在领袖遗像前保证，明年，他们的新垦地里将收获更多的东西。

人们都因为什么而感动了。这感动本来是可以化为由衷喜悦的，但在灵堂这样一种特殊的场合下，感动化成了一种柔情，柔情反过来加重了悲戚。于是，那些感动都化成了哀哀的哭声。

驼子因为平常时时夸张呻吟打下的底子，哭声比那些多愁善感的女人还要动人。就是协拉顿珠用他曼声歌唱的底子哭泣，也比不过驼子。老头因此很不服气，但又有什么办法呢。哭不过就是哭不过，他只好花比驼子更多的时间在灵前哭泣。孙子协拉琼巴劝他回家，他也不肯。

但驼子却从灵堂里出来了，他擦干了眼泪，长吐一口气，对索波说："我不哭了，我受不了了，再哭我就喘不上气来了。"

索波看着他，眼里慢慢浮出了一点笑意，没有说话。

驼子意识到了什么，说："你知道，我有病，再哭，我的身体就要垮掉了。"

索波一下笑出声来，但他也马上警觉地收了声。

驼子说："你们带回来那么多东西，可我们也没有闲着。"他拉着索波来到村后小山岗上那片新开的地上，那里，成熟的麦子还没有收割。假人们披着破衣烂衫站在麦地里在风中摇晃着身子，但鸟雀们并不害怕，乘着微风在麦地里轻盈地起落。驼子说："你回来吧，机村不能没有领头的人啊。你看看，伐木场搬走了，山林还能恢复元气，机村还有希望，就差一个大家服气的头了。"

但是索波慢慢摇头，说："不。我就喜欢待在那个地方。"

听着远处灵堂那边传来的隐约哀乐声，驼子说："该结束了。再不结束，地里的庄稼就收不上来了。"好在，这天晚上，收音机里传来了第二天天安门广场将举行隆重追悼大会的消息。驼子的心就放下来了。

第二天，伐木场的村子里的喇叭全都打开了。村子里却空空荡荡。人们齐聚在灵堂里，随着北京传来的声音在遗像前默哀、鞠躬，在新领袖的讲话声中最后一次哀痛地哭泣。

历史上第一次，机村的大会在北京传来宣布结束的声音中结束。

人们走出光线黯然的灵堂，来到秋天明晃晃的阳光下，都有些睁不开眼睛。伐木场的工人们聚集在操场上，久久没有散去。对于他们当中的大多数人来讲，这是他们在这个地方的最后几天时间了。他们将去到一个有更多森林可以砍伐的地方。从这一天开始，他们将拆掉这个巨大的礼堂，拆掉大部分的房屋。他们中只有少数人会留下来，在那些砍伐过的土地上营林，栽种很难想象什么时候才能长成参天大树的幼小稚嫩的树苗。但机村的人就不同了，他们慢慢走出了灵堂，在回村的路上渐渐加快了步子。先是几个心急的人加快了步子，然后，所有人的步子都快了起来。很快，几乎所有人都下到了地里，开镰收割地里的麦子。

人们都沉默着,所有的力气都灌注在挥动锋利镰刀的手上。直到天黑尽了,天幕上缀满了晶亮的星星,意犹未尽的人们才离开了地头。

这一年,机村人每一家都分到了足够的粮食。机村已经连续六年没有上缴过公粮了。也是这一年,机村的手扶拖拉机突突地往返,往公社拉去了机村上缴的公粮。

没有多久,北京把"四人帮"抓起来了。机村人长出一口气,原来,这些年那么多的灾难是由于妖魔乱世啊。这个消息一出,工作组就从机村撤走了。不久传来消息,被打倒的老魏平反了,当上县委书记了。第二年夏天,山上又暴发过一次泥石流,但那规模比起往年来,却是小了很多。不是雨水比往年小,而是砍伐一停止,山上马上就长满了荒草,许多灌木也在蓬勃生长。不要小看这些荒草与灌木,只用了一个春天,它们就给光秃秃的山坡披上了一层绿装。正是这些荒草与灌丛,大大地减轻了泥石流的威力。下来视察工作的魏书记用了一个词:再生能力。

这是一个机村人不太懂的词,但这个词和过去运动中那些词不一样,魏书记解释一下,他们就都懂得了。魏书记说,这些山只是遭到了一次破坏,所以,还有很强的再生能力。马上就有人懂了,这就跟一个人生了一次病,即便是一场大病，很容易就能复原过来，要是常常生病，那情形就不是眼下这样了。明年，这些山上还会长出更多的荒草与树木。魏书记还说，秋天的时候，要派飞机来从天上往这些荒山上播撒无数的树种。这些种子落下来，让枯萎的荒草与掉落的树叶掩藏一个冬天，来年，在融雪与春雨的滋润下，就会发芽抽条，最终，它们会重新蔽日遮天。

"我等不到那天了。"驼子却发出了这样的哀叹。

驼子不止一次地对人哀叹："真的，我等不到那天了。"

"好日子已经来了，大家都该好好地生活下去。"

"不，我没有那个心劲了，撑不住了。"说到这里，驼子竟然笑起来，"这一辈子啊，好多次我都觉得撑不住了，撑不下去了，但我不甘心，伤得不行了，饿得不行了，病得不行了，但心劲还在。但是，现在我的身体还是好的，但是我累了，心劲没有了。我等不到那一天了。"

他真的就连地都不下，也不为旧伤口发炎而不断地哼哼了。现在，他公开地在腰间上悬上一个烟袋。里面装的可不是家种的烟草，而是泥巴，心里空得难受的时候，他小小地捏上一撮，放在口中慢慢咀嚼，然后像走了长路的人一样叹息一声，靠着被阳光晒暖的墙壁，脑袋一歪，睡过去了。

伐木场最后一批人就要撤走了，也要随他们远走的骆木匠跑到村里来辞行。这个家伙脸上不是刚来新一村投亲靠友时那副可怜巴巴的神情了。他说:"虽然你们讨厌我,但无论如何,我还是要来告个别。"

"上面领导不是让你回老家吗?"

"不,死我也不会回去,老家太穷了。再说,也是老魏发善心让我留下来的,他知道,在外盲流多年,回去我也没有好果子吃。"

驼子说:"可是现在不搞斗争了。"

"那我也不会回去了,我要跟伐木场去新的地方。"

"那你就好好地做你的手艺活,不要掺和别人的事情了。"

照理说,经过了这么些年的折腾,这个年轻人应该知道自己是什么样的人了,但他嘴上是不会服输的:"我要早跟着伐木场的人做事就好了,就是光做箱子也能过得比机村人强!"

"那也只是现在,过去,他们也只是找你做几口棺材嘛。"

骆木匠说:"也许哪一天,我成了伐木场的工人也说不定啊。"

话说到这个份上,驼子一家也就只能祝他好运了。

伐木场最后一批人撤走那一天,村里人差不多是全村出动前去送行,但驼子还是坐在太阳底下一动不动。那是夏天将到时的事情了。那天隆隆的雷声伴着雨水响了一个晚上。但泥石流也只是小小地暴发了一下，山上下来的洪水只是把公路淹没了一段。洪水从那段通过洼地的路面上漫了过去，等到洪水一退，路面又会现身出来供人们驱车行走。

伐木场一撤走，有没有这条公路都没有什么关系了。

这天，伐木场的人，还有新做箱子里的东西很早就装上了卡车。仿佛是为了回应大家急于上路的心情，那一长溜卡车早早就发动起来，汽车屁股后面冒出的蓝色轻烟雾气一样贴地弥漫。不知因为些什么事情，人们又忙乎了好一阵子，那队卡车才摇摇晃晃地从木头房子围成一圈的那个操场上开了出来。因为人早就一天天减少，宽大的操场不少地方已经长出了浅浅的青草。骆木匠高高地坐在卡车上，坐在他亲手做成的木箱上，向着站在路两边他熟悉的机村人招手。他的身上也穿上了伐木工人们一样的洗得泛白的蓝色工装，那神情俨然就是一副每七天可以休息一天的工人模样了。卡车摇摇晃晃地慢慢开动，机村人稀稀落落地站在公路边上，站在绿油油的止在抽穗的麦地旁边，站在过去曾经是一个巨大储木场的湿漉漉的空地上，站在前些年被泥石流搬下山来的巨大的青色砾石之上。骆木匠举起手，向着他们挥动。他很遗憾，机村的年轻人索波、卓央、协拉琼巴、达瑟，等等，这些人都不在送行人中间,他们还在遥远的觉尔郎开垦荒地。当他意识到这些人并不在人群里的时候,他的手就放了下来。卡车渐行渐远。机村熟悉的风景与人从他眼前一一滑过,他突然有些感伤,有些留恋。要是机村的田野,特别是这些机村人再不从他眼前消失,他的泪水就要涌上眼眶了。但是,机村也就那么一点人,很快,路边就再也没有他们的身影了。现在,在这个阳光灿烂的早上,前路一片光明,他已经上路了,将随伐木场工人们去一个新的地方。

就在这时,卡车队停下来了。

他从车上跳下来,跑到了卡车队的前面,发现车队停在了那段被昨晚下来的山洪淹没的公路跟前。水淹没了路面,弄不清水下是什么情况,车队就停下来了。看那几个对此行负有责任的人的意思,是想退回去,等洪水退了再走。但骆木匠不想回去。他好像觉得,这一回去,他自己就走不了了。刚才坐在车上,他还有些恋恋不舍,现在心里却急得不行,他差不多喊起来:"不!应该马上出发!"

领导和工人都扭头看着他,脸上露出惊奇的神情。什么时候轮到这个人这么大声说话呢?

骆木匠意识到了这一点,他说:"我去探路!"

他从车上抽下来一根勘测用的标杆,转身就用那根上面标着尺度的一截白一截黑的杆子探索着下到水里去了。

"你回来,犯不着冒这个险!"

"我路熟,不怕!"

他很快就在那段被洪水淹没的公路上探了一个来回。就是站在路上的人也可以看出来,水深处也就淹到他的膝盖。他走回来,脸上又闪烁出他那该死的得意的光彩,他挥挥手,提高了嗓门:"没有问题,过吧!"

领导也挥挥手,车队又启动了。他又爬上了自己乘坐的那辆卡车。只要卡车往前开动,不再返回机村,他就放心了。他脱掉湿淋淋的鞋子,把里面混浊的水倒在车厢外面。背倚着一个箱子半躺下来。就在这时,卡车摇晃一下,停在了水中。是前面一辆卡车偏离了公路,一边的轮子开到路基外面去了。

跳下车来看见这情景的骆木匠脸色一片惨白,身子摇晃得比那即将倾覆的卡车还要厉害。如果车子出了事故,那就是他的责任了。

大家都从车上跳下来,看那辆车慢慢地向着路基外面倾斜。车厢里堆得高高的箱子一只只掉到水里,载沉载浮,随着流水漂去。本来,卡车只有一只轮子掉到了路基的外面,但早被浸软的路基在卡车的重压下开始崩溃。大家都清楚,再过十几分钟,卡车就会翻倒,从好几米高的路上跌进河里。

司机从驾驶室里跳了出来。就在这时，骆木匠抱着一段木头冲向了卡车。所有人都在他身后喊叫，但他已经听而不闻了。所有人的喊声加起来，都不会有一个人哑默的命运发出的指令声来得响亮。他冲到了汽车跟前，这才回头看了看大家，然后把那段木料一头塞到卡车下面，一头扛在了自己的肩头之上。但他已经什么都不能改变了。洪水在他的身边打着漩涡。路基就在漩涡下面飞快地塌陷。卡车就那样一点点倾覆过来。人们眼睁睁看着他在卡车的重压下，身子一点点矮下去，当混浊的水流猛烈地在他脸上飞溅开来的时候，卡车整个倾覆了。

　　轰然一声，卡车翻转着身子，跌下了路基。然后，是卡车上满载的东西漂满了河面。卡车，还有骆木匠都消失不见了。

　　后来，人们发现，在伐木场空荡荡的仓库中，留下了一具没有用完的棺材。这难免让机村人又感慨唏嘘了好一阵子。如果说是骆木匠命该如此，上天让他给自己亲手打了一个棺材，但他在这世上却连一个布片都没有留下。

十七

谁都想不到这样过了几年，驼子却挺了过来。

这几年里，机村也是一样，像是一个大病一场的病人，也一点点缓过劲来，恢复了生机。

驼子又慢慢走出家门，挂着一根拐杖，在村子旁边的庄稼地边游走。这些年，土地又重新分配到每家每户。虽然眼见整天在地里干活的人少了，庄稼却长得齐整苗壮。虽然时间刚过去三四年，说起当年地里打不下来粮食的事情，仿佛只是件在一个不愉快的梦境里发生过的事情了。

庄稼一分到户，大部分的年轻人都从觉尔郎撤回来了。只有索波死不回头，还带着最后几个同样死心眼的人坚持在那个地方。据说，他们已经不再开荒了。因为连早先开出的地因为人手不够有一部分都重新荒芜了。还听说，他和达瑟一起在那些正在抛荒的地里试种野生药材。

而驼子只是梦游一般在麦穗饱满的地头上行走。

庄稼正在成熟。鸟雀们飞来了，在天空中盘旋时，被微风吹得微微倾斜着身子。它们就这样绕着那些插在麦地中的草人飞翔。看那些草人除了在风中摇晃身子外什么都不能干，它们就放心地收起翅膀降落下来，啄食麦粒了。驼子举举手杖，但只是举了两三下，他就再也没有力气了，只好佝偻着身子站在地头叹息。

金黄的阳光下，风摇晃那些成熟的麦子，那些沉重的麦穗被风从茎秆上摇落，他伸手接住一个麦穗，但更多的麦穗落在了地里。他也只能摇头叹息。

他弄不明白，这一村子的人都是刚刚吃了几年饱饭的农民，却对地里的庄稼不管不顾了。

他想拦住一个人问个明白，这到底是为了什么？

但整个村子，除了院子里坐着几个比他脑子还要糊涂的老年人之外，没有一个可以说话的人在。他问："人们都上哪里去了？"

那些坐在院子里树荫下的老人要么根本没有听见，即便听见了也只是仰起茫然的脸，眼睛里发出同样的疑问："为什么村子里的人都不见了。"

驼子停下来,从腰间的烟袋里掏了一撮泥巴,细细地嚼了,又往小学校去了。学校里也没有人。教室空空荡荡。他又回到家里,问问家里人,但他已经忘了,家里人一早起来,告诉他要晚上才会有人回来。于是,他坐在自家的门口,想不起来自己接下来该干些什么了。晚上,等到家里人、村里人都回了家,他坐在火塘边,头深深地垂在胸前,已经睡着了。

其实,他早就问过家里人为什么不下地收割庄稼,家里人都回答过了。

"不会有人再饿肚子了,你放心吧。"这是女儿的话。

儿子说:"你不是想盖一座大房子没有成功吗?你好好将息着,挣够钱了,我给你盖一座!"

驼子闻言,开心地笑了。笑过,垂下脑袋睡着了。睡了一阵,睁开眼睛,又回到了他的老问题上:"你们为什么不收割庄稼?粮食可是不敢糟蹋。"

"如今没有生产大队,也没有人民公社,你自己也老了,就不要操这份心了!"

"你们为什么不去收割庄稼,把那么多的粮食糟蹋了?"

孩子们都笑了,连他老婆骆氏也跟着笑了。家里人告诉他,如今饿不饿肚子,已经不是指靠着地、指靠着地里的那些粮食了。再说,如今也不是饿不饿肚子的问题,而是能不能发财，有没有钱，有没有很多钱的问题了。但是驼子的脑子已经转不过来了。他已经不会思考这些需要在脑子里转上好几圈才能明白的事情了。他也记不住家里人告诉过他好多次的事情了。

所以他才一再发出那个疑问："你们为什么不去收割庄稼？"

家里人耐心地告诉他，男人们卖木头，女人和孩子们上山采集松茸。木头是上千块钱一车，一公斤的松茸也要卖到两三百块钱。一个人一天挣几百块钱，可以买回来比一亩地粮食还多的大米与白面，而且，不用收割，不用打场，也不用背到磨坊经历那么多的麻烦。买回来直接煮在锅里就可以了。他听了半天，还是摇摇头说："农民不种地，不收割。你们疯了。"

每天，他都把这些问题重复一次，每天都得到同样的回答。天亮时分，家里人已经出门了。他吃了热在锅里的东西，想起昨天晚上好像做了很多梦，但他只想起一些依稀的轮廓，依稀的影子。不过，他闻得到田野上飘来的那种能令一个农人心满意足的秋天的气味。于是，他就挂上拐杖出门，循着这种气味的指引来到了地头。他会看到阳光照在过熟的麦穗上，看到起风的时候，整个麦地起了波浪，波浪中间，一些不起什么作用的草人也在轻轻摇晃。

这个时候，机村的男人们正在过去泥石流形成的一个又一个冲积扇下挖掘。只需要把砾石与泥沙稍稍翻开一点，就有大量被掩埋的木头：剔去了枝杈，切成一样长度的杉木与松木。现在是开放搞活的时候了，收购木头的商人四处游走。几个人一天可以弄上一车，每天都可以到手几百块钱。而松茸就更神奇了，过去那满山没人要的东西，现在可以坐飞机到日本，这边人上山去，下边就有人拿着秤与钱等着，就是老人和小孩一天也能采上半斤一斤的，更不要说那些眼明手快的人了。这么一来，真是没有人顾得上地里的庄稼了。

这天，驼子又来到了地头。麦子成熟得太久太久了。没有一点风来摇动，麦粒就簌簌地掉落。驼子伸出手去，那些饱满的麦粒就这样一颗颗落在了自己手心里。他慢慢地揉去了麦粒上的包皮，把麦粒全部送进了嘴里。他就站在那里慢慢咀嚼，满口都充满了新鲜麦子才有的微微甘甜与清香。

咀嚼麦子的时候，他从脑子里面，而不是外面听到了自己咀嚼时牙床咕咕错动的声音。他还笑了一下："像牛吃东西一样。"

他只是这么想了一下，这声音就在脑子里面响了起来。

好在他脑子转得慢，他侧耳听了一阵，里面都没有声音再次响起。这时，他已经离开小路，站在麦地中间来了。他感到起风了，麦子们都在眼前晃动起来。

驼子听到，驼子从脑子外面听到，没有人收割的地里麦粒降落在地上的声音，像是越下越大的雨响成了一片。然后，脑子里也有声音响起来了。但是里面和外面的声音并织在一起，他听不清楚。

这些声音越来越大，轰轰作响。驼子扔掉了拐杖，抱着自己就要炸开一样的脑袋，跌跌撞撞地又在麦地里走出几步，就扑倒在地上，倒下的时候，他伸出了双手，把很多的麦子揽到了自己的怀里。他扑倒在地上，怀里麦子被太阳晒得暖洋洋的，身子下面的土地也柔软而温暖，驼子长叹了一口气，这个因为没有土地而参加了红军的大巴山农民林登全，这个当了多年村支书都没能让地里长出令自己满意的庄稼的驼子，终于倒下了。他听见心脏贴着柔软地面咚咚跳动，听见血流在靠着温暖麦草的脑子里轰轰作响。

恍然之间，他看见有人招手，但已经看不清那是风吹着草人在摇晃。驼子长长地吐了口气。他人生一世吐出的最后一口气息，犹如一声长叹，说不清是疲惫、满意，还是痛惜。然后，他的眼皮就像两扇大门，慢慢合拢，一点一点地把这个世界关在了外面。

事物笔记

脱 粒 机

水电站建成的那一年,县里下来的工程师带着村里喜欢新事物的年轻人一直在晒场上忙活,并且预言:这个秋天的粮食收上来,脱粒的时候,就再也不用那么多人拿着连枷前前后后进进退退地反复拍打了。

他们在平整的晒场上挖出两个深坑,然后,水泥就出现了——不,水泥这种东西在修电站时就已然出现了。机村人已经知道,这种特别的泥巴的出现就意味着机器的出现。水泥是用电驱动的机器的先声。看不见的电真是一种不可思议的东西。小小的一个开关,啪哒一声打开,它就飞快游走,窜到电灯里放出光明,窜到机器里让所有轮子飞转。啪哒一声关上,电流就飞快地缩回去,顺着电线缩回到最初的那台母机里去了。是的,母机,机村人是这么叫那台被激流冲得飞转，并发出了电流的那台机器的。你看吧，当轮子飞转，机器里嗡嗡作响，你要不把开关合上，不让电流飞快地跑到很远的地方，把电灯点亮，让喇叭歌唱，让另外一些机器飞转，那它就像一头母牛被源源不断的奶水憋住了一样，会浑身抖动着嘶叫不已，甚至能愤怒地从牢固的水泥底座上挣脱下来。捆绑奶牛的是绳索，捆绑机器是许多的螺栓。但愤怒的机器真的能把那些钢铁的螺栓一一挣断，使得机毁人亡。电站刚建成时，机村的男人们含着烟袋，为摸清"机器的脾气"，在发电房里围着机器蹲成一圈，看机器嗡嗡地飞转，仪表盘上表示电流电压的指针越抬越高，先是装在发电房里不同颜色的灯泡发出了亮光。从县上接受了半年培训的发电员戴上了白色的手套，握住了总开关说："快去看，电要到村子里去了。"

这些家伙马上起身往外跑，跑到发电房外，但是，发电房在低处，而村子在河谷的台地上面，没有人能从发电房外看到村子。他们大叫："我们看不见！"

发电员却喊："预备——起！"他在发出最后一个音节的同时合上了电闸，然后，大家都看见了。在村子所在的上方的天空里，仿佛一道闪电亮起——不，不是闪电，闪电稍纵即逝，瞬间的明亮后是更深的黑暗。而这时在他们眼前的亮光,只是在刚出现的时候,像是闪电一样炸开,但随即就变弱了一些。那片光慢慢成形、慢慢收敛,最后,变成一轮日晕一样的光,罩在了村子上方,中央明亮,在扩散向四周夜空的时候逐渐黯淡。在机村人的经验中,除了有些时候,太阳与月亮周围会带上这样的光圈,再就是庙里的壁画上那些伟大的神灵头上,也带着这样的光圈——但这光圈出自画师的笔下。但今天,每一个人都看到机村被罩在了这样一个美丽的光圈下面。

人们赞叹一阵,发电员拉下了开关,那个光圈就立即消失了。人们眼前又是一片黑暗。明亮过后的黑暗是比没有明亮的时候更深的黑暗。于是他们又拥回到机房。那台被憋住了的机器越转越快,机器里面发出的嗡嗡声变成了尖利的嘶喊,而整个机器也在剧烈地颤抖,仪表盘上的指针疯狂摇摆,发电员再次合上了电闸,电流又飞蹿出去,重新把机村点亮,重新把机村放置在了那个日晕一样闪烁的光罩之下。机器喘了一口长气,然后,浑身的颤抖慢慢平复,从高潮上跌落下来。

这时,一个人说出了那个跟科学命名一样的名字:"母机。"

人们静默了一会儿,轰然一声,爆发出了会心而欢快的大笑。这些男人们又在机器边坐了一会儿,发电员带着得意的神情，给带动机器的皮带打蜡，拿一个长嘴壶往机器身上的一些小孔加润滑油，然后，自己也无所事事了。有人想起"母机"这个名字，忍不住又笑了几声，但大部分人已经觉得没有什么意思了。这时，那机器平稳运行的嗡嗡声听起来都有些昏昏欲睡的味道了。

发电员说："大家回家吧，看看你们被电灯照亮的屋子吧。"

他们便收起烟袋回家。走上河岸，到了村口，这时，他们看见的就只是每家每户的窗口都放射出明亮的灯光，但抬头时，因为自己就在那光罩下面，就看不到那个光罩了。他们还在村口碰见了一些野物，譬如狐狸和狼。它们蹲坐在地上，也在好奇地打量眼前这个因为这不寻常的光亮而变得陌生的村庄。因为这光亮，每家人的窗户前都飞舞着比寻常多出很多的蛾子与蚊虫，以这些小生物为生的蝙蝠乱了方寸，在明亮的光线中瞎飞乱撞。

电给机村送来了前所未有的光亮，人们仍然对为安装机器而在平整的晒场上挖出深坑相当不满。但是，新事物总是要出现的。而且，在新事物没有真正呈现出它全部的面目，并展现出全部的功用时，就预先把这种不满表达出来，是相当不明智的举动。这是新旧思想的问题。思想问题都是天大的问题。于是，人们都隐忍不发。该到从一个专门的地方取来细腻的黄泥，用青枫木槌把晒场平整得一平如镜的时候，没有人说话。这是一个农耕的村庄一年中最为美妙的时光。庄稼地早已追过了最后一次肥，除过了最后一遍草，麦子和青稞正在扬花灌浆，轻风拂过，所有日渐饱满沉重的穗子都在缓缓摇晃。麦田像是深沉黏稠的湖，阳光在上面很有质感地动荡。五月，人们修补栅栏；八月，秋风渐近时，人们用可以制陶的细腻黄土修补晒场；十月，地里的庄稼收割下来，在高高的晾架上吹干了，将麦子和青稞从晾架上抛下来，平铺在修整得一平如镜的晒场上，被越升越高的太阳照着，一地的麦草发出絮语般的细密声响，干草香也在空气中弥漫开来。然后，男女们排成相对的两行，在有节奏的打麦歌声中挥舞起连枷：啪！啪！啪啪！

"水边的孔雀好美喙呀！"

啪！啪啪！

"光滑美羽似琉璃呀！"

啪！啪啪！

连枷是看得见的，孔雀也是看得见的。但是，现在看不见的电出现了。水冲转了那个巨大的轮子，轮子飞转，用皮带带着那台"母机"嗡嗡旋转，电就造出来了。电不只是用电灯把机村点亮，电不只是让喇叭发出声响，电还能让一台机器出现在机村的晒场上，不用那么多人用连枷来来去去、前前后后、进进退退地反复拍打，就能把粮食从穗子的包裹中脱粒出来。现在，麦子还在地里灌浆，几个巨大的箱子已经运到了晒场上，箱子上还苫着防雨的帆布。箱子旁边，深坑已经掘好，从坑底往上竖起了钢筋。工程师正带着人把搅拌好的水泥灌进那个坑里，给飞快旋转的机器一个牢固的基座。

基座浇注好后，工程师就回县里休息去了，把等着要看看机器是什么模样的人搞得好不心焦。机器就放在晒场上，用防雨的帆布苫盖着，每天都有民兵在旁边看守。白天还好，民兵们干着手里的活，只是留心着不让人在机器旁边停留盘桓。到了晚上，那就不一样了，"为了防止公开的和暗藏的阶级敌人破坏农业机械化"，两人一组的民兵，枪膛里推上了子弹，端着打开了枪刺的步枪在机器四周不断巡逻。阶级敌人当然没有胆子在那里出现。于是，那些夜晚，总是村子里好奇的孩子与春心萌动的姑娘在民兵们四周出没。直到开镰收割了，工程师才回来安装机器。第一天，他把那些木箱一一打开，跟过去来自城里的东西一样，那些钢铁部件上都涂着厚厚的油脂。工程师指点精心挑选出来的助手用汽油洗去那些油脂。第二天,才开始在水泥基座上安装机器。第三天,工程师又指挥发电员牵来一根专门的电线。第四天,他"将息一下",享用生产队新杀的一头肥羊。第五天,他亲手把电线接到机器上,一合上电闸,那台机器就飞快地旋转起来,上面栽着许多铁齿的滚子在一个铁罩下面旋转不停。机器空转的时候,那铁罩子都被震得要飞起来了一样,晒场上细细的黄尘四处飞扬。工程师拉下了电闸,那机器还转动了好一阵子,才不情愿一样停了下来。

工程师拿着扳手最后紧了一遍机器上所有的螺丝,指挥着大家排成一排,形成一条从晾架到机器跟前的输送线。这回,他站在一边,点了点头,说:"开始。"

这回,是他的助手合上了电闸,机器开始转动的同时,一捆捆的麦子向着机器跟前输送,最后递到了他的手上。他把麦子塞进了脱粒机的喂料口,机器的那一边,细碎的麦草飞扬起来,从一道铁筛上推向了一边,而一粒粒金灿灿的麦粒,从那铁筛间落下,归到了一个狭长的铁槽里。他往机器里连喂了十来捆麦子,然后一挥手,助手拉下电闸,人们挤到停下来的机器跟前,看到片刻之间,就有那么多麦子被脱粒干净了。

工程师拍拍手,说:"看清楚了,就这么干!"

人们就按着他的样子干下去。

工程师又嘱咐:"小心!不要把手也喂进机器嘴里!"

过去,这么多的麦子,如果用连枷拍打,不知要多少的人挥舞着连枷拍打多少遍。于是,人们再次惊叹:

"机器!"

"电!"

这个收获季,机村人的确只用了很少一点人力、很少一点时间,就把往年需要很多时间、很多人力的活干完了。电流从裹着一层胶皮的电线里飞速而至,只要一合上电闸,机器就飞快旋转,把麦草和麦粒分开。机村用脱粒机都两三年了,时不时还有人叹服电力的神秘与机器力量的巨大。又过了些年,好多人都会给机器上点润滑油、换个保险什么的时候,也有人发现这机器的噪音太大。打下一年的新麦时,也不能像过去用连枷打时,男男女女,此起彼伏,应和着那整齐的节奏曼声歌唱了。轰轰然的机器飞转着带齿的滚轮斩碎麦草的声音把一切歌唱的欲望都压制住了。

机器用震耳欲聋的声音与力量塑造了自己压倒一切的形象。

人们被机器那巨大的胃口驱使着,身上也像是过了电一样地奔忙,手脚稍微慢一点,空转的机器就会发出怒吼,一副要挣断那些粗大的螺栓，从水泥底座上蹦跳起来的样子。要想休息一下，只好拉下电闸，让机器停下。其实，这机器不能随意停下，这里一停下，电流没有出去，又要把水电站的"母机"给憋住了。

机器只会在规定好的时间停下。这时，围着机器忙乎的人们四散开去，让疲惫的身子躺进干燥的麦草堆里。身下的草堆很软和，耳朵里却还回荡着机器的声响。阳光从蓝色的天空中一泻而下，稍稍抬起头来，可以看见积雪的山顶，看见收割后显得疲惫而又松弛的田野。耳朵里隐约地响起了过去那整齐的连枷声，还有应和着那节奏的诙谐喜悦的歌唱。

脱粒机出现三年后的某一天，大家在草堆里躺上一阵，又走到脱粒机前等待。合上电闸后，机器开始飞快地旋转。一个人还沉浸在自己对往昔的遐想里，机器都在嗡嗡转动了，这个人抱着一捆麦子竟然哼出声来了：

"水边的孔雀好美喙呀！

光滑美羽似琉璃呀！"

于是，空转的机器发出了怒吼，他还在哼唱，机器差点就从水泥底座直蹦跳起来时，他才惊醒过来，结果忙乱之中，他把麦子连同自己的一只手一起喂进了机器的口中。这个人立时就昏迷了。

人物素描

自愿被拐卖的卓玛

机村的女人，有好多个叫卓玛。走在林中小路的，是每天都高高兴兴，无忧无虑的这个卓玛。

卓玛走在春天的路上，林子密些的时候，路上晃动着一块块太阳的光斑，林子稀疏一些了，树上那些枝丫曲折的影子就躺在地上。她在路上走动，身上带着一股懒洋洋的劲头，那些光斑，那些阴影交替落在她身上。要是你在路上遇见了，她的屁股、胸脯，她那总是在梦境与现实边缘的闪烁眼神，会让身体内部热烘烘地拱动一下。真的是春天了：什么都在萌发，在蓄积，在膨胀，都有些心旌摇荡。

一个屁股和胸脯都在鼓涌着什么的姑娘走在路上，万物萌发的山野在她身后展开，就像是女神把一个巨大而美丽的披风展开了拖在身后一样。卓玛不是女神，就是机村好多个卓玛中的一个，身上带着牛奶与炒青稞的味道，带着她在春天苏醒过来的身体的味道。林子里的小路曲折往复，总是无端地消失，又总是无端地显现。这样的小路并不通往一个特定的地方。走在路上的人，心里也不会有一个特别要去的地方。

卓玛和村里的女人们循着小路在林子里采摘蕨菜。

机村的树林曾经遮天蔽日，如今再生的林子还显得稀疏，树叶刚刚展开，轻暖的阳光漏进林中，使肥沃松软的土变得暖暖和和，蕨菜就从土中伸出了长长的嫩茎。过去，蕨菜抽薹时，人们也采一点来尝个鲜。那并不需要专门到林子里去，就在溪边树下，顺手掐上几把就足够了。这两三年，蕨菜成了可以换钱的东西。山外的贩子，好像闻得到山里冻土融解、百草萌发时那种醉人的气息。蕨菜一抽薹，他们的小卡车上装着冷气嗖嗖的柜子，装着台秤，当然，还有装满票子的胀鼓鼓的腰包，就来到村前了。

幸好伐木工人砍了那么多年，没有把机村的林子砍光。幸好那些曾被砍光了的山坡，也再生出了稀疏的林子。林子下面长出很多东西：药材、蘑菇和蕨苔之类的野菜。现在到了这样一个时代，不知道哪一天，山外走来一些人，四处走走看看，林子里什么东西就又可以卖钱了。过去，机村人是不认识这些东西的。外面的人来了，他们也就认识了林子里的宝贝，还用这些东西赚到了钱。先是药材：赤芍、秦艽、百合、灵芝和大黄。然后是各种蘑菇：羊肚菌、鹅蛋菌、鸡油菌、青杠菌、牛肝菌和松茸。居然，草一样生长的野菜也开始值钱了。第一宗，就是蕨苔。将来还有什么呢？女人们并不确切地知道。但她们很高兴做完了地里的活路，随便走进林中，就能找到可以赚钱的东西。男人们呢？伐木场撤走了，他们拿着锯子与斧子满山寻找生长了几百年的大树，好像他们不知道这山上已经很难找到这样的大树了。更重要的是，砍木头换钱还是犯法的。但是，男人们就喜欢挣这样既作孽又犯法的钱。即使盗卖木头的时候没有被警察抓住，这些钱也回不到家里来。他们会聚集在镇上的饭馆里，喝酒，然后，闹事，最后，还溜溜地蹲在了拘留所里。女人们不懂男人们为什么不愿意挣这稳当的钱。卓玛却不必操心这样的事情。她的父亲年纪大了，已经没有四处闹腾的劲头了。卓玛也没有哥哥或弟弟。两个姐姐一个已经出嫁，一个姐姐生了孩子，也不急着要孩子父亲前来迎娶。这些年的机村，没有年轻男人的人家里倒可以消消停停过点安稳日子。

　　卓玛走出林子的时候比别的女人晚了一些。不是她手脚没有人家麻利，而是这阵子她常常一个人出神发呆。蕨苔采得差不多了。她坐下来，用抽丝不久的柔嫩柳条把青碧的蕨苔一把把捆扎起来。捆一会儿，她望着四周无名的植物发一阵呆。不知哪一天，其中一样就有了名字，成了可以换钱的东西。想着想着，她自己就笑了起来。刚收住笑，心中空落落的感觉又出现了。

这东西，像一头小野兽蹲在内心某个幽暗的角落里，只要稍一放松警惕，它就探出头来了。卓玛不喜欢这个东西，不喜欢这个感觉。可自从这东西钻进了心头，就再也赶它不走了。

卓玛摇摇头，说："哦……"那鬼东西就缩回脑袋去了。

她把一捆捆的蕨苔整齐地码放在背篓里，循着小路下山。走出一阵，忍不住回头，要看那小兽有没有从树影浓密处现身出来。其实她知道，小兽不在身后，而在心头。林子下方，传来伙伴们的谈笑声，还有一个人喊她的名字："卓玛！"

她没有答应，停在一眼泉水边上，从一汪清水里看着自己。以水为镜，从那张汗涔涔的脸上也看不出心里有什么空落落的地方。女伴们叽叽喳喳地走远了。她加快了脚步，不是一定要追赶上女伴们，再晚，收蕨苔的小卡车就开走了。但她在路上还是耽搁了一些时候。她在路上遇到了喜欢她的一个小伙子。

刚刚走上公路,她就看见那个小伙子耸着肩膀,摇晃着身子走在前面。小伙子们无所事事,在山上盗伐一两棵木头,卖几百块钱,在镇上的小饭馆里把自己灌醉,然后,就这样耸着肩膀在路上晃荡。这是故意摆出来的样子,小伙子们自己喜欢这种样子,而且互相模仿。这是喝醉了酒的样子,显示出一种满不在乎的态度。但他们怎么能对什么都满不在乎呢?比如,当他们面对卓玛这样身材诱人的姑娘。这个人一直懒洋洋地走在她前面,意识到身后林子里钻出来采蕨苔的卓玛姑娘时,他把脚步放慢了。虽然心里着急,但卓玛也随之放慢了步子。但是,那家伙的步子更慢了。于是,卓玛紧了紧身上的背篓,在道路宽阔一些的地方,加快了脚步要超过他。

这时是中午稍过一点,当顶的太阳略略偏向西方,背上的蕨苔散发出一股热烘烘的略带苦涩的清香气息。卓玛低下头,急急往前走,没看那个人,只看到自己的影子和那个人的影子并排了,然后,自己的影子又稍稍冒到了前面。

这时,那人开口了:"嗨!"

卓玛就有些挪不动脚步了。

小伙子从怀里掏出了一大把糖。他拉开她长袍的前襟,把那一捧糖塞进了她的怀里。他有些羞怯地避开了她的眼睛,但手还停留在袍子里,放下糖果后,有意无意地碰触到了她的乳房。

卓玛姑娘有些夸张地惊呼一声,那只手就从她袍子里缩了回来。卓玛却又咯咯地笑了。小伙子受到这笑声的鼓励,手又直奔她的胸脯而去。但卓玛笑着跑到前面去了。两个人这样追逐一阵,看见收蕨菜的小卡车停在溪边树冠巨大的栎树下面,小伙子就停下脚步了,他在身后大声说:"晚上。记住,晚上。"

来到流动收购点跟前,站在浓密的树荫下,胸脯上火焰掠过般的灼热慢慢消退了。先到的女人们正在说些愚蠢的话来让老板高兴。比如对着装在车上的台秤,说那是一只钟,不是一杆秤之类的疯话。只要老板笑着说一句"你们这些傻婆娘",她们就疯疯癫癫地笑起来,然后回骂:"你这个黑心老板。"

"我黑心?遇到黑心的家伙把你们都弄去卖了!"

"卖人?!"

老板做一个怪相:"不说了,不说了,要是有人真被人拐了,人家还疑心到我头上!我可是正经的生意人哪!"

这下,机村的女人们就真是炸锅了。不光是林子里越来越多的东西可以买卖,连人都是可以买卖的。

卓玛说话了。她说:"那就把他们卖了!"

"他们？"

"偷砍树的男人们，有了钱就在镇上喝光的男人们！"

她一说出这话，就好像她真的把那些讨厌的家伙都卖掉了一样，好些人都从她身边躲开了。

只有老板重重地拍拍她的屁股："屁，谁买男人？人家要的是肉嘟嘟的女人。"

说笑之间，老板就付了钱，把蕨苔装进冷气嗖嗖的柜子里，约了明天的时间，开车走了。女人们又在树荫下坐了一阵。那个男人一离开，女人们就安静下来了。最后，还是卓玛开了口："你们说，真有人要买女人吗？"

没有人答话，坐着的人深深地弯下腰，把脑袋抵在膝盖上摇晃着身子，和卓玛一起站着的人都皱起眉头看着远方。远方不远处，三四列青翠山梁重叠在天空下。在最淡远的那列山梁那里，天空上停着几朵光闪闪的云团，视野在那里就终止了。卓玛去过那道山梁，下面山谷里，就是离村子三十多里的镇子——过去的公社，今天的乡镇。从山上望下去，镇子无非就是簇拥在公路两旁的一些房子。一面红旗在镇子中央高耸的旗杆上飘扬。那些房子是百货公司、邮政局、照相馆、卫生院、补胎店、加油站、旅馆、派出所、木材检查站、录像馆和好几家代卖烟酒的小饭馆。镇子对机村多数人，特别是女人们来说就是世界的尽头。再远是县、是州、是省，一个比一个大的城市，直到北京，然后就是外国了，一个比一个远，但又听说一个更比一个好的国家了。就这么沉静地望着眼前青碧的山梁时，卓玛心头涌上了这些思绪，跟着大伙往村里走时，人如大梦初醒一样有些恍然。

她从怀里摸出一颗糖来，塞进嘴里，满嘴泅开的甜蜜让她想起了那个小伙子，但随即她就被呛住了。糖里面包的是酒！而她讨厌酒。她把包着酒馅的糖吐掉了，紧走几步追上了回村的队伍。

家里人都下地干活去了。向西的窗户上斜射进来几柱阳光，把飘浮在屋子里的一些细细的尘埃照亮了。那些被照亮的尘埃在光柱里悬浮着，好像在悄然絮语一样。卓玛掏出今天挣来的钱，把其中的二十块钱放进全家人共用的那个饼干筒里。剩下的三十块钱，她带回自己的房中，塞到了枕头里面，然后，躺在了床上。她小房间的窗户朝向东南边。这时不会有阳光照射进来。但她躺在床上，眼光从窗户里望出去，看到一方空洞的蓝汪汪的天。她躺在床上，解开袍子的腰带时，怀里揣着的那些糖果都掉在了床上。她塞了一颗带酒馅的糖在嘴里。这回，甜蜜的表层破开后，里面的酒没有呛着她。细细的辛辣反倒使口中的甜蜜变得复杂起来，就像她被腰带拘束着的身子松开了，有点骚动，更多却是困乏。她吃了一颗，又吃了一颗。吃到第三颗时，她警告自己不能再吃了。

但警告无效，最后，当窗户里那块蓝汪汪的天空变成一片灰白，黄昏降临下来的时候，她的脑袋在嗡嗡作响，一直都困乏而又骚动着的饱满身体从意识里消失了。

卓玛带一点醉意睡着了。

家里人从地里回来，母亲进来摸摸她的额头，说："有点烫手。"然后，去菜园里采了几枝薄荷等她醒来熬清热的水给她喝。姐姐看到了她放在饼干筒里的钱，对父亲说："还是养女儿好，不操心，还顾家。"

父亲抽他的烟袋，不答话，心里并不同意女儿的说法。不操心，你不把自己嫁出去，还弄个小野种在屋里养着，敢情你妹妹倒成了他爸爸？但老头子没有说话。

晚饭好了，卓玛没有醒来。那个给了她酒心糖的小伙子在窗外吹响约会的口哨时，卓玛还是没有醒来。她做梦了。先是在林子里踩着稀薄的阳光在采蕨苔。然后，一阵风来，她就飘在空中了。原来，是她自己飞了起来。她就嗖嗖地往前飞，飞过了村子四周的庄稼地，飞过了山野里再生的树林，飞过了山上的牧场，然后，就飞过了那个镇子。她嗖嗖地越飞越快，越飞越快，最后，自己都不知道飞到了什么地方。

正在慌乱的时候,她醒了过来。这时,已经半夜了,窗口里那方天空有几颗凉津津的星星在闪烁。她躺在床上一动不动,努力回想梦中情景,但她并没有看清什么景象。只有身子像是真被风吹了一样,一片冰凉。一颗热乎乎的泪水从眼角沁出来,滑过了脸颊。她自己想起了一个比方,这颗泪水,就像是包在糖里那滴酒一样。

她脑子不笨,经常会想出来各种各样的比方。

卓玛翻身起来,从枕头里掏出了一小卷一小卷的钱,一一数过,竟然有两千多块。她把这些钱分成两份。一份揣在自己身上,一份,装进了家里公用的饼干筒里。早上,和平常一样,一家人一起吃了饭,她就背上采蕨苔的背篓出了门。母亲说:"再晚一点,等太阳把林子里的露水晒干了。"

她只笑了笑,就下楼出门去了。卓玛这一走,就再没有回来。后来的传说是,她让那个收购蕨菜的老板把她带走,在远处卖掉,她自己还得到了出卖自己的三千块钱。其实,这时的机村人并不那么缺钱,至少并不缺那么三五千块钱。那她为什么要把自己卖掉,就问谁都不知道了。

机村人大多对这样的问题不感兴趣,他们更愿意议论的是,她到底把自己卖给了一个什么样的人,在一个什么样的地方。

人是出发点，也是目的地

——第七届华语文学传媒大奖受奖辞

谢谢华语传媒大奖直接让作家本人以自己的名字来得到这个奖项。

过去得奖，我不太觉得跟自己有太大的关系，因为那些奖项总是给予某一部具体的作品。你走上领奖台时，感觉好像是那本书懒得出席，而派出的一个代表。虽然那本书是你自己的作品，出自你的笔下。但在我感觉中，得奖的不是我，而是某一本书，或者某一篇小说。我没有因为得奖而特别高兴过，并不是因为什么特别高妙的原因。我在另一次的得奖演说中说过这样的话：故事从我脑子里走出来，到了电脑磁盘里，又经过打印机一行行流淌到纸上。那是十多年前。随着网络的普及，连打印这个过程也省略了。一个"发送"的指令，这本书就如此轻易而神秘地离开了。从此，这本书就不再属于我了。她开始了自己的历程，踏上了自己的命运之旅。我不知道别的作家是不是有过这样的感觉，我却深深感到，从此，我对她将来的际遇是无能为力了。作家的责任是写出好作品，但作家不能给书本的命运提供一个万全的保险。在此点上，作家和他的书只能听凭好运气的光临。一个作家所能保证的，就是在写作的过程中做最大的努力，这是我有自信的一个方面，自信是因为奉献了全部的心智真诚。同时，我却无力也不愿为作品以后的际遇而承担责任。于是，当一本书得了某个奖项，我都归因于这本书的好运气。她遇到了那么多喜欢她的人，而不是我。我这个写作了她的人，未必就有那么讨人喜欢。或者说，写作者如果要忠于一个作家的职责，也许还会制造出一些对立面，而不是让所有人都与自己站在同一个立场上。正是因为这样一个原因，当我代表某一个作品去登上领奖台时，我的确不是显得那么欢欣鼓舞。

但是，今天登上这个领奖台有些不同。一个作家当然是因为创作的作品而享受奖励，但毕竟，这一次，至少在形式上，我的感觉是这个奖项直接给予了作家本人，而让他的作品藏在了这个人的后面。我直接感到我的劳动得到了肯定。于是，这一次，我真切地想要对使我得奖的机构与评委表示深切的谢意！

在今天这样一个时代,不只是知识分子,就是一般识文断字的读书人,眼光都越来越向外。外国的思想,外国的生活方式,外国的流行文化,差不多事无巨细无所不知,对于巴黎街边一杯咖啡的津津有味,远超过对于中国自身现实的关注。而中国深远内陆的乡村与小镇,边疆丛林与高旷地带少数族群的生活,却越来越遗落在今天的读书阶层,更准确地说是文化消费阶层的视野之外。所以,我对自己关于深远内陆与少数族群的书写,还能得到这样的关注、这样的肯定、这样的支持而感到宽慰。尤其是,这种肯定来自一个有影响力的媒体,来自一些一直在进行负责的社会文化批评的评委,更使我深感荣幸。我特别想指出的是,有关藏族历史、文化与当下生活的书写,外部世界的期待大多数时候会基于一种想象。想象成遍布宗教上师的国度,想象成传奇故事的摇篮,想象成我们所有生活的反面。而在这个民族内部也有很多人,愿意做种种展示(包括书写)来满足这种想象,让人产生美丽的误读,把青藏高原上这个民族文明长时期的停止不前,描绘成集体沉迷于一种高妙的精神生活的自然结果。特别是去年(即2008年)拉萨"3·14"事件发生后,在国际上,这种"美丽"的误读更加甚嚣尘上。尤其使人感到忧虑的是,那样的不幸事件发生后,在国内,在民间,一些新的误解正在悄然出现——虽然并不普遍,但确实正在出现。这些误解会在民间,在不同民族的人民中间,布下互不信任的种子。在很多年前,我就说过,我的写作不是为了渲染这片高原如何神秘,渲染这个高原上的人们生活得如何超然世外,而是为了祛除魅惑,告诉这个世界,这个族群的人们也是人类大家庭中的一员。他们最最需要的,就是作为人,而不是神的臣仆而生活。他们因为蒙昧,因为弄不清楚尘世生活如此艰难的缘故,而把自己的命运无条件托付给神祇已经上千年了。上个世纪以来,地理与思想的禁锢之门被渐渐打开,这里的大多数人才得以知道,在他们生活的狭小世界之外还有一个更为广大、更为多姿多彩,因而也就更复杂,初看起来更让人无所适从的世界。而他们跨入全新生活的过程,必定有更多的犹疑不决,更多的艰难。尘世间的幸福是这个世界上绝大多数人的目标,全世界的人都有一个共识:不是每一个追求福祉的人都能达到目的,更不要说,对很多人来说,这种福祉也如宗教般的理想一样难以实现。于是,很多追求这些幸福的人也只是饱尝了过程的艰难,而始终与渴求的目标距离遥远。所以,一个刚刚由蒙昧走向开化的族群中那些普通人的命运,理应从这个世界得到更多的理解与同情。我想,我所做的工作的主要意义就在于此:呈现这个并不为人所知的世界中，一个一个人的命运故事。

我所以强调以个人命运为对象的叙事方式，首先当然是因为这是一个小说家必然的方式，但更重要的是，我并不认为，一个僧侣，或者别的什么人，有资格合情合理合法地代表这个神秘帷幕背后的世界上所有的人民。只有那些一个一个的个体，众多个体的集合，才可能构成一个族群，一种文化的完整面貌；只有这种集合，才能真正地充实一个概念。可悲的是，无论是在中国，还是中国那个被叫作西藏的地方，总是少数人天然地成为所有人的代言。而这些代言，往往是出于一己之私，或者身处其中的利益集团的需要，任意篡改与歪曲族群与文化这些概念的内涵。

我自己就曾经生活在故事里那些普通的藏族人中间，是他们中的一员。我把他们的故事讲给这个世界上更多的人。民族、社会、文化甚至国家，不是概念，更不是想象。在我看来，就是一个一个人的集合，才构成那些宏大的概念。要使宏大的概念不至于空洞，不至于被人盗用或篡改，我们还得回到一个一个人的命运，看看他们的经历与遭遇，生活与命运，努力或挣扎。对于一个小说家来说，这几乎就是他的使命，是他多少有益于这个社会的唯一的途径，也是他唯一的目的。当然，还有很多因素会吸引一个小说家，我们讲述故事所依凭的那种语言的秘密，自在的也是强大的自然，看似稳定却又流变不居的文化，当然还有前述那些宏大的概念，但人才是根本。依一个小说家的观点看，去掉了人、人的命运与福祉，那些宏大概念是没有任何意义的。所以，对一个小说家来说，人是出发点，人也是目的地。在我的理解中，小说家是这样一种人：他要在不同的国度与不同的种族间传递讯息，这些讯息林林总总，但归根结底，都是关于沟通与了解，而真实，是沟通与了解最必需的基石。很多时候，看到外界对于我脱胎其中的文化的误读仍在继续，而在这个文化内部，一些人努力提供着不全面的材料，来把外界的关注引导到错误方向，我会对自己的工作感到绝望。但绝望不是动摇。这种局面正说明，需要有人来做这种恢复全貌的工作，即描绘普通人在这种文化中真实的生存境况的工作。而今天得到的这个奖项，正是对我所从事的工作的最大的理解与支持。我要在此对于这种同情与支持再次表达深切的谢意。

今天，在得到一个享有美誉的文学奖项的眷顾时，我更要感谢文学。

对我来说，文学不是一个职业，一种兴趣爱好。文学对我而言，具有更为深广的意义：她是我自我教育、自我提升的途径；是我从自我狭小的经验通往广大世界，进而融入大千世界的唯一方式。我生长于荒僻的乡村，上过学，但上过的小学、初中和中等师范都是最不正规的那一种。上小学和初中是在"文革"中间，上师范是1978—1980年。大家知道，那时的学校应该没有给学生提供什么好的世界观——甚至可以说，那种教育一直在教我们用一种扭曲的、非人性的眼光来看待世界与人生，让我带着这种不正确的世界观走入了生活。而且在那时，我置身其中的生活似乎也不会给一个年轻人好的指引。社会上只有少部分人在自觉排除过去的年代注入体内的毒素，更多人以为因这些毒素而发着低烧是一种正常的状态。好在那时，我遭逢了文学。不是当时流行的文学。那些尘封在图书馆中的伟大的经典重见天日，而在书店里，隔三岔五，会有一两本好书出现。没有人指引，我就独自开始贪婪的阅读。至今我也想不明白，自己怎么就能把那些夹杂在一大堆坏书和平庸书中的好书挑选出来。大家知道，我自己来自一个宗教压倒一切的文化。但是，在众神与凡人之间，那么多的神职人员却让人对宗教失去了信仰。但在回首往事时，我曾想过，真的在天上有一种巨大的意志，在冥冥之中给予人超越凡尘的帮助吗？那个时候，我并没有想过要当一个作家。我只是贪婪地阅读，觉得这种阅读是一种很好的自我教育。在我周围，至多是有善良的人，但没有伟大的人。但在书的背后，站立着一个一个的巨人，在夜深人静的时候，他们就会站出来，站在台灯的暗影里，指引我，教导我。也许是有些矫枉过正了，以后，我拒绝过很多再次走进学校的机会。这当然是来自我过去的经验。但我很放心，把自己交给文学，让文学来教育我，提升我。

在我的经验中，大多数人都在为生存而挣扎，而争斗，但文学让我懂得，人生不只是这些内容，即便最为卑微的人，也有着自己的精神向往。而精神向往，并不是简单地把自己托付给中介机构一样的神职人员或者另外什么人，就可以平稳地过渡到无忧无虑无始无终的天国，而是在自己的内心生出能让自己温暖，也让旁人感到安全与温馨的念想，让她像一朵花结为蓓蕾，悄然开放，然后，把众多的种子撒播在那些荒芜的土地上。

文学的教育使我懂得，家世、阶层、文化、种族、国家这些种种分别，只是方便人与人互相辨识，而不应当是树立在人与人之间的不可逾越的界限。当这些界限不只标注于地图，更横亘在人心之中时，文学所要做的，是寻求人所以为人的共同特性，是跨越这些界限，消除不同人群之间的误解、歧视与仇恨。文学所使用的武器是关怀、理解、尊重与同情。文学的教育让我不再因为出身而自感卑贱，也不再让我因为身上的文化因子，以热爱的名义陷于褊狭。

文学的教育使我懂得，自己的写作，首先是巩固自己的内心，而不是试图去教育他人。文学是潜移默化的感染，用自己的内心的坚定去感染，而不是用一些漂亮的说辞。

我不想说，我和自己的同时代人一样，接受的是一种蔑视美、践踏美的教育，至少，那是一种没有审美内容的教育，或者说，是以粗暴、以强力、以仇恨为美的教育。我自己也曾用这样的眼光来打量这个世界，是文学让我走出这个内心的牢狱，让我能够发现并欣赏这个世界上的美，在美还不普遍的时代心怀着对美更高的憧憬。

我这样说，当然包括感谢文学让我成为一个作家，改变了我的命运。但更重要的是，文学关于人类普遍命运的教育，关于增添人性光辉的教育，关于给这个世界增加更多美好的教育，关于一个人应该有丰沛而健康情感的教育，把我这样一个生长于蒙昧而严酷环境中，因而缺乏对人生与世界正确情怀的人，变成了一个大致正常的人。如果说，我对将来的自己还有更大的信心，也是因为相信，通过文学这个途径，我将吸取到更多的人类的精神成果，相信通过这样的学习与吸收，自己将变得更加正常，更加进取，更加健康。

——2009年4月

一部村落史,几句题外话
——代后记

这是一座村庄的历史。

一座村庄的当代编年史,从上个世纪的五十年代到九十年代。

这半个世纪,中国进行了史无前例的社会实验——从政治到经济。这场实验,目的在于改变人,也改变社会面貌。中国乡村,在国家版图上无论是紧靠中心还是地处僻远,都经历了革命性变革,与种种变革带来的深刻涤荡。

我自己出生于一个偏远的村庄,在处于种种涤荡的、时时变化的乡村中成长。每一次变革都带来痛苦,每一次变革都带来希望。

即便后来拜教育之赐离开了乡村,我也从未真正脱离。因为家人大多都还留在那里,他们的种种经历,依然连心连肺。而我所能做的,就是为这样的村庄写下一部编年史。

所以，这部小说的主角是一座村庄。

我给这座村庄另起了一个名字：机村。"机"，是一个藏语词的对音。"机"，也不是一个标准的藏语词，而是藏语里一种叫嘉戎语的方言里的词。意思是种子，或根子。

是的，乡村是我的根子。乡村是很多中国人的根子。乡村也是整个中国的根子。因为土地和粮食在那里，很多人的生命起源也在那里。虽然今天人们正大规模迁移到城市，但土地与粮食依然在那里。

当我决定要写一部编年史时，发现自己不能沿着熟悉的路径，写一部传统的长河小说。这五十年中，无论是政治运动还是经济浪潮的冲击，都使得在乡村中，没有一个人或一种人，或一个家族，像长河小说中那样始终处于舞台的中心。在政治运动的冲击下，在经济潮流的激荡中，乡村不断破碎，又不断重组。断裂，修复，再断裂，再修复……这个过程，至今还在继续。在这个过程中，那些顺应新形势的人或主动或被动，不断登场，又不断被淘汰。所以，如果我要以变化的村庄为主角，就得随时去踪迹那些因时因势成为中心，或者预示着乡村变迁方向的新的人物。如果这样，这部小说将不会有一个完整的结构。以破碎的结构对应不断重组的乡村，形式本身都成了某种隐喻。小说初版时，人民文学出版社的宣传给这种破碎一个好听的命名：花瓣式结构。花瓣是空间的，向心的。而编年史是线性的，有始无终的。这也是今天中国乡村变迁的真实图景。

所以，这部小说只好写成互相衔接的六个故事，每个故事都是人的命运，也是乡村的命运。每个故事都各有主角。这样写完了觉得还不够，我又写了十二个小故事。六个关于新的事物，六个关于与新社会适应或者不相适应的人物。

写下这些文字前两小时，我还在一个正式宣布脱贫的村子中行走，身上还带着养鸡合作社鸡场的味道，还带着公司加农户的蔬菜大棚中那些圣女果的味道。乡村为中国发展牺牲自己的时代正在过去，城市反哺乡村的时代开始到来。但在我小说结束的那个时间点，这还只是一个渺远的希望，但乡村已然看见了一点救赎的希望。

写完这部小说，已经又过去了十几年的时间。当年的希望已经不再是那么渺茫。

机村是一个藏族村庄。

但不是一个异族文化样本。

虽然,要写那样一个乡村的命运,自然要写出文化所遭逢的挑战与改变。但文化不是最重要的方面,民族也不是。今日乡村的普遍命运是不分文化,不分民族的。从世界范围看,甚至是不分国家的。今天乡村面临的变迁是整个国家的,甚至是世界性的。

我无意用这部小说提供一幅文化风情画。

这部小说也不是旧乡村的一曲挽歌。

我不是一个一味怀旧的人,而是深知一切终将变化。

我只是对那些为时代进步承受过多痛苦、付出过多代价的人们深怀同情。因为那些人是我们的亲人、同胞,更因为他们都是和我们一样的——人。

看起来具有强烈的特殊性的机村,其实也蕴含着更多的普遍性。

很长时间以来,中国的文学,但凡涉笔到汉族之外的族群,在绝大多数读者、批评者那里,都不会被当成是真正的中国经验、中国故事的书写。写入宪法的中国是一个多民族国家,这样一个现实,在中国知识界还未成为一个真切的认知。他们的认识还是封建气息浓重的大一统的归化观,所以对他们而言,但凡关涉少数民族生活的书写,至多提供了一个多样性的文化样本，只具有文化人类学研究的意义。而我以为，只有把这些非汉族的人民也当成真正的中国人，只有充分认识到他们的生活现实也是中国的普遍现实，他们的未来也是中国未来的一部分，这才是现代意义上真正的"天下观"。唯其如此，各民族的知识分子，才能使优势的一方不陷于自大，以为只有汉民族才是真正的中国；也才能使弱势的一方不堕入褊狭，以为无论如何也不会成为真正的中国。只有这样双向地警醒与克服，我们才会有一个完整的中国观，才会建立起一种超越性的国家共识。

在这一点上，中国知识分子迄今并未提供有价值的识见。

乡村在时代变迁中，付出的另一个代价，是自然环境的毁败。这也是中国普遍现实之一种。在我写下的机村故事中，有大量篇幅，都涉及森林的消失。

离开故乡后，有很多年，我都不情愿回到故乡的村子。最重要的原因，就是不忍心看到那些森林的消失，山野的荒芜。当年，涉笔这些森林的毁败时，我心里的痛楚，甚至会比写下乡亲们艰难的生活更为强烈。但在上世纪九十年代末，中国社会从政府到民间对此都有了足够的警醒。所以，小说里有了一个人物，一个毁败过森林，又开始维护森林的人物。

这是乡村的一种自我救赎。这是一直处于被动状态中的乡村的觉醒。我很高兴捕捉到了这样的希望之光。这是我真实的发现，而非只是为小说添上一个光明的尾巴。

现在，我每次回乡，都看到年逾八旬的父亲，尽力看顾着山林。那些残留的老树周围，年轻的树茁壮成长，并已郁闭成林。从清晨到傍晚，都有群鸟在歌唱。

出家门几十米，我就坐在了荫庇着我儿时记忆的高大云杉的阴凉中，听到轻风在树冠上掠过，嗅到浓烈的松脂的清香。如今，我也不用再担心，这些树会有朝一日在刀斧声中倒下。

这部小说首版的名字叫《空山》。

这名字总让人想起王维的诗，但我写下这个名字时并没有那么从容闲适的出世之想。那时的现实还让人只看到破碎的痛楚，而不是重构的蓝图。从佛教传入中国以来，一个中国人不管是不是真的佛教徒，好多时候，"空"都是一种精神安慰。今天打算重版此书时，我更看到那些艰难过程的意义。所以，才给这部小说一个新的名字：《机村史诗》。

美国批评家哈罗德·布鲁姆说："倘若遵照荷马、维吉尔、弥尔顿创作史诗的标准，我们现今已没有可称为史诗的体裁。"但他又在他名为《史诗》的批评集中,把《白鲸》《追忆似水年华》和《源氏物语》这样的作品也纳入了史诗的范畴。他以《圣经》中雅各为例,重新定义了史诗:"英勇地整夜搏斗,拖住死亡天使,以求赢取更长生命的赐福。"从这个意义上说,中国乡村在那几十年经历重重困厄而不死,迎来今天的生机,确实也可称为一部伟大的史诗。

——2017年7月11日

图书在版编目（CIP）数据

荒芜 / 阿来著 .— 杭州：浙江文艺出版社，2021.5
ISBN 978 – 7– 5339 – 6441 – 2

Ⅰ . ①荒… Ⅱ . ①阿… Ⅲ . ①长篇小说 – 中国 – 当代
Ⅳ . ① I247.5

中国版本图书馆 CIP 数据核字（2021）第 041969 号

策划统筹	曹元勇
责任编辑	睢静静
营销编辑	张赟喆　耿德加
责任印制	吴春娟
装帧设计	今亮后声

荒芜

阿来　著

出版发行	浙江文艺出版社
地　　址	杭州市体育场路 347 号
邮　　编	310006
电　　话	0571-85176953（总编办）
	0571-85152727（市场部）
印　　刷	浙江新华数码印务有限公司
开　　本	880 毫米 ×1230 毫米　1/32
字　　数	125 千字
印　　张	7.5
插　　页	2
版　　次	2021 年 5 月第 1 版
印　　次	2021 年 5 月第 1 次印刷
书　　号	ISBN 978-7-5339-6441-2
定　　价	47.00 元

版权所有　侵权必究

（如有印装质量问题，影响阅读，请与市场部联系调换）

一本书打开一个世界

欢迎订购、合作
订购电话：0571-85153371
服务热线：0571-85152727

KEY-可以文化

浙江文艺出版社

天猫旗舰店

关注KEY-可以文化、浙江文艺出版社公众号，及浙江文艺出版社天猫旗舰店，随时获取最新图书资讯，享受最优购书福利以及意想不到的作家惊喜